LOCUS

LOCUS

LOCUS

LOCUS

to

fiction

to 098

與亡妻共度的夜晚

La nuit avec ma femme

作者：塞繆・本榭特里特（Samuel Benchetrit）

譯者：陳思潔

責任編輯：張雅涵

設計：許慈力

校對：呂佳真

出版者：大塊文化出版股份有限公司

台北市10550南京東路四段25號11樓

www.locuspublishing.com

讀者服務專線：0800-006689

TEL：(02)87123898　FAX：(02)87123897

郵撥帳號：18955675　戶名：大塊文化出版股份有限公司

法律顧問：董安丹律師、顧慕堯律師

總經銷：大和書報圖書股份有限公司

地址：新北市新莊區五工五路2號

TEL：(02) 89902588　FAX：(02) 22901658

初版一刷：2017年10月

定價：新台幣250元

Printed in Taiwan

La nuit avec ma femme

與亡妻共度的夜晚

塞繆・本榭特里特 Samuel Benchetrit 著
陳思潔 譯

致夢境

她叫作瑪麗，四十一歲，膚色如潔淨的衣物般白皙，披落著一頭黑髮。深夜的某些時刻，她會戴著夏葉與藍紫色小花編的細花冠。她總是穿著那件洋裝，寬鬆，長袖，布料是綠色的天鵝絨，那是件帶著印度風情的洋裝（一款印度女子會穿著的洋裝——印度製造）。她會赤裸著雙足，吸菸。她不需現身，她就在那邊，在我雙腳旁的床沿，雙眼始終凝視著我。她不需要移動，便逕自顯影在每一個我眼神觸及的角落。她認得，她認得白晝，但僅於夜深時分前來，在清晨將臨時離開。她會認得時間、季節。她會歌唱，在一片寂靜裡，低喃旋律。她不再記得那些歌詞，大部分人的名字，城市以及旅行。她會珍視眼前的一切、每一位無可取代的人、每一分喟嘆與輕息。她會微笑。

夜

妳來了嗎？我沒有真的睡著，但我想我做了夢。我在找我的氣息，尋找我曾丟失的空氣，妳知道那些空氣去哪了嗎？我呼吸別人的呼吸，移植空氣。但妳知道那不一樣，來自他人的氣息不會那樣純淨、清新。在那之後我的身體像缺了水般燥熱，在哪之後？妳走了之後嗎？不，妳是空的存在，即使妳會在深夜時分到來。在一片蔭滿枝枒的樹影下，妳曾說過我是對的，人並不善良。我們自生下本就無愛，妳相信嗎？愛是擁有還是落空？愛真的存在嗎？我愛著一個女孩，因為如此妳出現在這嗎？其實，我正想起身晃晃。城市。氣喘。妳來跟我作伴吧。總之我只是想路人看著我走在街上喃喃自語。妳知道，我習慣回望人群。那些尿漬宛如雲朵，形似某些事物。尿液自人行道上消散會成為什麼？雲嗎？尿就是尿。而雲朵，只是一攤水。我遲早會殺死某個傢伙，為他們實在醜惡的面容。我不會殺掉那個殺了妳的人。爛命一條。但我很想痛扁他一頓。就像上回和R走在路上，以為那個坐在該死的蒙馬特該死的露天座椅上的是他，我像瘋子一樣地跑過去，死命地喘，胡亂地抓了一把破椅，想劈開他那顆掛著耳環的該死的腦袋。但那不是他。整座城市遍布水井，地面濕滑。路人彼此相似，像雲朵像尿水的形狀。如果我能重置一張臉，我會請求長得狀似一朵花或是一泡尿。有時候，我為擁有鼻子、一張嘴以及一雙眼而感到羞恥。拳擊，被啃齧的指尖，在相互毀傷的舉止中充盈著愛。我凝視的不是那些扭腰擺臀的姿態或碧綠色的瞳孔，而是那切割的尖銳，劃開的傷口，皮膚上深邃的窟窿。

妳不是第一個來到我房間的女人。我不是指那些有著美麗瞳孔與臀部的女性軀體，而是魂魄。到底是誰說逝者比生者來得美好？得要像神父般的人才能說出這樣的話。大概只剩不死之人才能告訴我該做些什麼，確實存在永生之人，我遇過一位，那時他也不過活了一千多年。關於這件事，他要求我緘口保密，但我對妳說了，因為妳已死去而我在顫抖。總之那位活了千年的男人和我說了一些該做的事。不要背對風口。我想當孩子手上的一紙風箏。外頭下著雨，是妳正偕著雨水散步嗎？我不討厭下雨天，落雨穩重而且來自天空。此刻妳在哪裡生活？妳見過耶穌嗎？我見過一次，在夢中。夢見我們彼此牽手仰著身軀游過水面。隔天我去了泳池，獨自泅泳，哀傷難過。那些人都不友善，或者太過迷信。死掉的人會做夢嗎？對於生命，還存有遺憾嗎？會迅速遺忘生前記憶嗎？妳會感到飢餓嗎？而我，不再想出門。下著雨，那些人就不會看著我喃喃自語。雨滴，讓整座世界傾斜。陽光讓一切事物溫熱，但我不太喜歡。我會融化，會灼傷。我也不喜歡人們開心的模樣，我寧可他們痛苦、折磨。

妳是來看我的嗎？我們的兒子睡在樓上。我跟他還有很多事情要處理，他現在長得比妳疊在我肩上還高大。這些日子妳都在哪？妳還抽菸嗎？讓我看看妳雙腳的模樣吧，我知道，它們不再一如以往地美麗。反正，心靈困乏的人才需要美，尤其有雙美麗的腳最重要。何況，我們的兒子見過其他部分，他見過妳皮表下的內在。我從來不敢提及，怕他勾起回憶。妳是如此地美麗，以致整座世界在頃刻間顯得醜陋無比。妳的心是否仍舊跳動？若可以，我想錄下所有我愛的人的心跳。不是照片。影像。髮絲。而是心跳。聲音。腳步。孩子的笑。奇蹟在哪裡？我常常尋找妳，尤其在一開始，我尋找著妳，分分秒秒，透著玻璃窗，在飛馳之際，時速三百公里讓人看不清介乎尼姆與巴黎間的鄉村人群，讓人看見那些不存在的人影。我有顆寬闊包容的心，妳似乎這樣說過。還有一次深夜走在路上，走在杜果街頭，走過拉法葉百貨與巴黎以外的省區，妳就在我背後，我沒有轉過身去生怕妳就在那裡。以前都是我跟著妳，以前我們生活的時候，妳出門走走而我依附在後，我跟著我的妻子與藍色購物袋。妳想泡個澡嗎？活著的人牽掛死去的人比死去的人牽掛活著的人多。我們有鐘聲有慶典，而你們什麼也沒有為我們做。至少，我是這麼覺得。只有痛楚與佔據地下的幽晦。哀傷與痛苦之間有什麼分別？我喜歡感到痛苦，它讓我覺得靠妳很近，這是妳害的。我想撒尿。我現在要跟妳說些事，讓妳知道妳死後都發生了一些什麼。我先是成為了世界泰拳冠軍，我很想讓妳看看他們給的獎盃；但我因為非法販運鑽石被關進美墨邊境提華納的監獄，那時用它換了兩包KENT牌香菸。我在格陵蘭生活了五年，吃釣來的魚維生，我們的兒子搭雪橇去上課。我重新為瘖啞者發聲為盲人開電影院。對，我做了這些事。妳呢？妳都做了什麼？妳看了電影嗎？我看了幾部妳應該會喜歡的作品。妳知道柏格曼和費里尼[1]曾宣布

1柏格曼（Ingmar Bergman，一九一八—二〇〇七），瑞典導演、劇作家；費里尼（Federico Fellini，一九二〇—一九九三），義大利導演、劇作家。

會合作拍片嗎？他們後來拍了嗎？內容在講什麼？還有繼續嗎？我的腳邊好熱，妳不願將壓在被毯上的身子挪開一些，是妳讓我感到窒息。妳是第一個在我身旁睡在這一側的女孩。我還維持這個習慣。不過我現在愛的女孩也睡在這一側。我們暫時睡在一起彼此交疊，有時候會太熱，但我們愛著對方。總有一天，我會滑下床，留給她我的位置。但我不會給她任何承諾。有些事似乎不要說出口，這是妳教會我的。

「我曾經隨時都對妳說我愛妳，隨時隨地。」

對，但它不具意義，重要的字眼都不具任何意涵。一塊麵包就有意義，我們切開然後吃掉。吸一根菸也是，點燃然後抽菸。但是愛就像新年，新年快樂然後呢？沒有意義。你們那裡過聖誕節嗎？妳離開後的第一年，兒子想要妳當作禮物。他收到一套蝙蝠俠裝和一台腳踏車，我教他怎麼騎。這，就具有一些意義。一台腳踏車，我們騎在上面然後奔馳。妳不具意義。如同愛情，妳不帶任何意思。如同時間。血。希望。空氣。夢。

海。妳不具意義。愛情的痛苦具有意義，如同手錶的針指向時間，針筒的尖頭抽出血，二十二萬七千歐元附帶百分之七的利息分期二十年的房貸給人擁有這座房子的希望。冬天自孩童口中呼出結成冰的白霧，早晨洗去汗水的淋浴，七月海水浴後我們從皮膚上舔舐的鹽。我相信愛並且相信伴隨而來的痛苦，以及其他的愛與其他的痛苦。我只為痛苦為繼續感受妳而愛。我們曾經開拓過一片多麼美好的寬廣園地，我持續地澆灌，以穢物施肥，一切垂敗發臭的物質。我是這座莊園之主，受人尊重，在這裡，我很好。出了這裡，我假裝自己很好，我經常笑，我經常說：好的，好的……天氣真好，很舒服……人們的目光很重要……反對個人主義……謝謝您，女士，您人真好……你等下要一起喝杯東西嗎？我很開心見到你。對，我說開心。妳並沒有奪走我全部的感受。我也說：我愛你……我真的愛你……我很喜歡你們。我發誓這都是真心，我的心是滿的，在這裡，我不是存活，我是殘活。抄襲著別人的舉止。我的模仿天賦至少足以讓我去演電視劇。我仿擬的不是聲音，而是心。笑聲。失落。溫柔。熱情。先生不好意思您的牛肝味道如何。素食主義。集體主義。疾病。痊癒。哀悼。羞恥。積極傳教。勇氣與寬容。人們施加和承受的暴力。原諒。不，這個部分我要保留，原諒屬於我，它由我創造，充盈著我，自我內部蔓生，溢出潰流如河川淹沒水壩。我模仿剩下的，一切其他，這裡或那裡，此刻與昨日，最靠近以及最遠極端的人事。但我只複印複印機，一座疊一座，堆得比高塔還高的機器。在這片惡物荒園，廢棄砂礫堆疊成高聳顯著的山景，我日日傾注酸雨，在那些該死的深夜傾瀉。我一直走著，沒有停留。在這兩個世界，我們的與他們的，我行走著，以迴環反覆的方式，斂手低垂著頭。在我們的田園之外，我只在周邊徘徊，沿著曲折的圍欄，僅僅透過真實劃定邊界。

「讓我看看那座田園。」

只有悄悄依隨妳走在妳的街道，我才會直直前行，我那時曾掌握訣竅——重擊的經驗，一如成為拳擊手冠軍，並非由於出色的拳技，而是對疼痛的記憶。走在喧騰的街心，我相隔五或十公尺的距離跟隨妳，荒無人煙的空巷，二十到三十公尺的距離。廣場，則視人潮而定，四分之一、半圓或四分之三的弧度。我跟隨妳，在輕霧中聽著妳的步伐，在狹小街道間嗅著氣味，這是妳的味道嗎？我嗅不出來，死亡的氣息卻存在。而妳，帶著這個氣息，讓我心痛。心痛，為妳是我兒子的母親，為兒子對死亡一無所知被蒙在鼓裡。是否有人從未感受到死亡的氣息一如有些人嗅不出腳臭？不過，有味道沒關係的，對吧？殘酷的是我們無法擁有氣味。妳死後的某日，我去了絲芙蘭香水店，向店員要了一小瓶紀梵希的淡香水紳士。我的手埋在口袋中，握緊手心裡的瓶子。終於，我能聞見妳。只要我想，妳就在那，或許就在那百萬分之一秒，僅在開啟瓶口靠近鼻翼的瞬間，妳的身軀、黑髮、無限的笑靨全數湧現，迷失在百萬分之一的秒時微粒裡，於倏忽間轉瞬即逝。如此浮影生命的渴望，還會有誰在意？然而一天之中我也僅能讓妳浮現一或兩次，妳的一切最後都散逸在香氣盡頭。味道使人習慣，死亡亦然。妳只在不預期之際到來，在我不自覺地舉起手拂過鼻尖之時。冬天則凍結靜止——鼻塞。這一切只能在腦海中顯影，腦海底。愛、罪惡、灼傷、撞擊殘留下的一切，在腦海。插入黃色管子的妳破碎的臉龐，在腦海。就在今早包圍環抱著我的妳的聲音，在腦海。妳的笑聲，在腦海。不對，我曾錄下妳的笑聲。妳想聽聽妳生前如何綻放笑容嗎？

我的房裡有張書桌，我偶爾坐在那工作，右邊第二格抽屜為妳保留。照片，我們的婚禮，戒指，一張從未寄出的南法卡西斯海灣的明信片，妳一九九八年的記事本，一只妳送給我的錶，妳送我的鋼筆，一些信，一支錄音筆。

聽，聽聽妳的笑聲，親愛的。或許時間早已斑駁了妳的聲線，但總聊勝於無。科技不就是這點用處，讓過去重活，製造一個能更深刻記憶痛苦的來日。物形如此哀傷，方程式僅只驗證了我們的悲惆，我們何以數學極差？出於恐懼？黑板晦暗，深夜裡殘舊的粉筆，正是我們的模樣。昔日潔白閃耀的純真，激昂的騷響，無所憂懼，無憂錯誤，無懼結束。所有我們曾構築的堅實信念，瓦解成灰，如滑石粉、骨灰、沙，海灘即是墓園。或許該讓妳長眠於此。抱歉，好抱歉，我早該想到。可妳讓我厭惡大海，我好久沒見過海，我一直迴避逃離。目視平地，海水退流，陸塊分離，浪濤是一種壓抑，潮汐褪去的陸面如此相似於我們憂傷的田園。萬物於此敗亡，海灘癲癇般地口吐泡沫，潮濕的魚鱗，顫抖的眼珠，魚刺、骸骨、石頭的記憶，褪逝的色澤。那些是昔日海風吹拂後剩餘的事物，潮水為此撤退，展露它死亡的面容，宛如愛與隱藏於愛背後的痛苦。但我不在乎，我喜歡這麼說，這是妳父親教我的。我痛，痛將我狠狠燒灼。他說你只管麻木自己。字句箴言，是好解藥，但談何容易，而藥物用途不正是如此，讓人成功地自我麻痺。需要一種人生，麻木度日。

或者歷經戰爭。死亡是否悲傷？是否始終持續？死了以後還會有什麼？後悔嗎？

在妳死後，我和兒子也出走，來到這個有著靠海露台的海邊小屋，小屋比露台還小。我只在深夜出門，在兒子熟睡之際。我知道海就在我前方蔓延，桅杆帆影掛著幾盞小燈，倒映的月光讓我想起海的遼闊，似一襲黑袍沒入我心海裡，靈魂之鏡。與兒子在沙灘共度的白日，他挖著洞，戴著小小的帽子，帽緣壓得低低，一路垂到耳部。你在做什麼？我在找媽媽。我停格在他臉前，盡可能地貼近。特寫。讓其餘一切顯得模糊，沒有景深，這樣比較好。遠離人群，遠離住屋，遠離家庭、船隻、倒影、笑聲、生活。自眼前的事物重新開始，從面前一公分處開始，從簡單的字眼開始：早安、吃飯、抱抱、喝、睡覺覺。重來。早安、吃飯、抱抱、喝、睡覺覺……我們重新降生。夜裡，我鍛鍊背肌，為了能繼續背著他走。妳覺得我迷人嗎？如果妳是第一次見我，會不會喜歡我？妳在冥間有男人嗎？最後一夜，魔鬼曾來到屋裡，他是旅者也是航員，潛進我們兒子沉睡的房間，來到他的床沿，自他微啟的口中滲入搖晃他的肺。咳嗽轉成一場風暴，猛烈，憤怒——我始終無法讓他靜下來。破曉，他最後的幾滴眼淚已乾。重新降生，張口第一個字，媽媽，媽媽，媽媽。他之後沒再哭過，再也沒有。我很驕傲，也心碎。在這裡，驕傲與心碎是同樣意思。他是否還有叫過媽媽？也許那是我在做夢。不過，爸爸是全世界最美好的字眼。當我在路上聽到這兩個字，依舊會回過頭來。我會在校門口徘徊，只為能夠聽見這兩個字。

爸爸爸爸，走吧走吧，我們出發。

我不相信噩夢，但我相信噩夢般的人生。死神要帶走妳的時刻，妳是否抵抗過？妳最後看到的影像是什麼？男人舉起手來的畫面？銳利堅硬的戒指？猩紅的雙眼？咆哮的嘴臉？最後聽到的字呢？婊子？賤貨？他媽的閉嘴？妳最後說出口的話？住手？不？兒子？塞繆？抱歉，我太自以為是了。痛過你們給的痛，世界帶給我的傷害相對無感。我抽光了所有妳沒抽完的香菸。妳我很清楚不是嗎？總有一天我們就不再相見——我們也只知道未來會這樣。即便如此，我依舊會在深夜輾轉反側無法成眠，想著總有一日我們就再也看不見彼此。而我常覺得那樣很美，我告訴兒子，記住這樣的念頭，不要想著再也見不到的事物，想想那些還在身邊的，例如愛還有痛楚。剝去死亡，剩下的部分才是人生，如同痛從來都不在表面，從不，始終在內心裡頭，就像刮在我們孩子喉嚨深處的暴雨狂風。

妳想吃點什麼嗎？妳喜歡這個房間嗎？這裡從來不是我們的臥房。妳離去後我才經常住在這。有什麼是妳還熟悉的事物？床嗎？不，這張床我三年前才買的，在一間清倉特賣的寢具店，床墊和彈簧床都半價出清。其實，那間店至今還貼著螢光黃的海報，宣傳折扣拍賣與營運困難。為了求財致富而佯裝潦倒窮愁，世道是否早已是這副模樣？我想抽菸，也想吃些東西，也有一些事情想問妳。很重要，真的。畢竟我們不是一天到頭都能遇見死人。看見妳在我面前抽菸，讓我聯想，在心中納悶：死人用的香菸盒上，有沒有寫著吸菸導致死亡？還有，那些肺癌死掉的人還繼續抽菸嗎？還有，如果咳嗽死不了人的話大家會繼續抽嗎？還有，這些日子以來妳都做什麼去了？告訴我，多久了？十二？還是十三年？妳不要跟我說這十三年來妳從沒想過來看我們？妳都去哪了？和誰在一塊？如果妳告訴我是和殺死妳的那個他，我就殺了妳。

我想和妳出去走走，一起散散步。也許牽著妳的手走一陣子。走吧，去那些我們去過的還有妳沒去過的地方，有些地方我想讓妳看看。巴黎變了，變得更渺小，像我們童年的房間。我想讓他們看看妳，來吧。妳需要我借妳一件毛衣嗎？我有厚毛衣，若妳要的話。

其實也是因為，和妳待在我的房裡說話讓我感到不自在。這裡是我的避風港，妳懂的，小木屋，棲地，祕密，我築了一道堅硬牢固的門，鐵製的百葉窗，在櫥櫃裡塞滿保險箱，我用這些與妳抗衡，把一切不幸與痛苦隔絕在外，卻不曉得它們其實就在裡頭。也許我應該反過來，敞開門窗，不該封閉，無需憂慮防患，不用囤儲乾麵包亦無需香料存糧。只有心靈困乏的人才會害怕與恐懼。死了之後還會有愛嗎？會有懷孕的女人嗎？愚蠢的人是否依舊愚蠢或者通往天堂的道路會讓人開竅一些？妳還愛我嗎？我還記得我們最後一次的談話，妳置身夏日裡的豔陽也顯得冷冰的國度，我睡在布列塔尼的一間屋子，為了讓孩子呼吸新鮮空氣我租下這裡。那天早晨妳打來，極早，在妳出門工作前，妳悄聲低語，讓一日的美好溫柔開展。但現在我終於明白妳是在暴力底下低喃，那些拳頭毆打等著妳，在不遠處，就在隔壁房間。我納悶妳和我們說話時人在哪？似乎在一處狹窄空間，密閉的廁所，浴室裡的某個角落，我還能聽見妳說話時迴盪著近處壁面的聲響。妳掙脫我們難道是為了身陷更巨大的囚籠？愛之後是什麼？那裡有誰？是誰會傷害我們的孩子？那個暴力狂現在又在哪？

我迷失在布列塔尼的床上，迷失在地圖中，我厭惡浮影於紙面或地球儀上世界的模樣，一如愛與痛苦，只有內部的疼痛才是唯一的真實。聽見妳的聲音不再是生活日常，不再理所當然，不再隨時隨地。不再只要我想就可以。形同陌路的速度遠遠快於彼此愛慕。聽見妳的聲音，顯得稀罕。人們經常提到妳的聲音，那樣的嗓音似乎很獨特。但我習慣了。直到今早，我才發覺那份獨特，才終於同意全世界的人，今天早上，我與眾人無異。人心原是如此卑微渺小。重新降生，於愛，繼而痛苦。首先是形體分離之痛，再來才是死亡，是次等哀傷。死亡，是形體的，不含任何精神成分，在呼吸之間，痛沁入腰背，拴鎖髖骨。死亡，是永恆，為了迎接永恆必須好好地活著。伴隨愛而來的痛苦，則更為強烈，致人永生，又令人求死，招致絕症，孕育怪物、兒童強姦犯；那是一晌貪歡，一如藝術，一個吻，一場雨，一如富麗堂皇的書店裡的哲理之書所言：人要活在當下。不過，沒有什麼事物比當下燃燒得更加殆盡徹底。若我放一把火燒掉他們的庫房，當一切燃為死灰，眾人於法庭對簿公堂時，我會對他們說，去翻翻你們兜售的那些哲理書。愛的痛苦讓音樂、海、季節、陶醉、渴望、人們、國度、童年相形失色，直到那些求死未果之人再度死去。重新降生。我聽見妳的聲音，那些簡單的字眼，你好，是的，好的，謝謝。時間還那麼地早，早到我們的時區彷彿一致。妳說話的時候，我感覺到有肩膀偎著我的肩頭，我想起兒子也在這張床上，我害怕獨自入睡。我不曉得哪個是床頭櫃、床燈，插座在哪。我們兩個聽著妳的聲音，妳正對著一對男子說話，說了許久，妳不想結束，於是接著問候生活。你們在做什麼？我們要去海邊，假的，我們其實偶爾才去，海灘、陽光與其他人事物總是很快地令我們感到疲倦。我們經常待在屋子裡看電影，妳知道的，妳和我們一起生活過。我們都吃什麼？新鮮的魚，假的，吃的淨是些死魚標本、塑膠品、破爛沙發角。你們有跟朋友見面嗎？當然，兒子的人形玩具公仔。我每天都幫他買十公斤一大袋。我們會發動戰爭，他對抗來自其他星球的敵人，而我對抗來自我們星球的。妳不想掛斷電話。妳知不知道什麼樣的人在等著妳？那些倒數的時分原來就是如此悲慘不幸？或者是回顧之間才顯露噩兆？這些都在腦海，就像那些字眼不具任何意涵。但我記得妳的聲音，異常，沙啞，語調，預感。早在之前妳就曾要求我提早把孩子接回去，他去妳憂傷的國度找妳，原本應該待上一整個月，一週將盡時妳打給我，妳沒辦法照顧他，留他在那無益，他會無聊，只有晚上才有一點時間陪他。而且拍片讓人筋疲力盡，我也一樣，在巴黎工作，結束之前我們一起合作拍攝的電影，我的第一部電影。妳知道的，妳也曾參與其中。妳在這部電影時離開了我，我在這部電影時發現妳愛上別人。幾乎是我該死地一手把妳推入別人的懷中。在電話裡我像個白癡，不斷說著該死該死該死該死該死該死，或是不要不要

不要不要不要，還有我呢我呢我呢我呢我呢，那妳的愛人呢？他不能幫忙嗎？不，妳不想。妳只想我把兒子接回去。妳不想我打電話給妳愛人，尤其不想讓他照顧我們的孩子。妳握有全世界的鑰匙，成了一道最難解開的謎題。妳在我以外的生活遙不可及，離我們幾千百萬公里之遠，在另一處時空。妳航向過去，而妳不想帶著我們的兒子跟著妳，妳在保護他。妳知道風在旋動，妳監視著天空與逐漸密布的黑雲。而且，我們阻擋不了雷鳴閃電，沒有人能夠承受，對妳而言，是末日，妳置身在那，那是妳的位置。沒有人會因為閃電雷劈的威脅而捨棄電影。

電影，即是阻擋生命走進其中的人生。

我記得妳聲音的樣貌，記得妳和我們訴說一天的開始，與接下來的日子。妳渴望我們，想念我們，妳想我。就像最後一次我們面對面地相見，我很想你，你要跟我喝一杯嗎？不要。愚蠢的回答。不要不要不要不要不要。我們聽妳說話，就像每個例行的早晨，為妳的聲音著迷。如一隻蒼蠅拍打臥房之窗之必要[2]，必須要有這樣一隻，永遠都會有這麼一隻。我不再是妳的愛人。比這個更悲慘，我是妳的孩子，在妳孩子身邊的孩子，妳迷失的兒子們。你們住的房間怎麼樣？我大概回了嗯，唔，還可以，很好，我已經忘了。只有妳迴盪在破曉時分的聲音，以及夾在妳字句裡的那些呼吸與氣息。你們現在要做什麼？吃飯然後可能去散步。可是醒來，就想到妳。起身，想到妳。咖啡，有妳。手上握著妳從沒用過也沒碰過的陌生杯子，還是妳。這間屋子的大門，每扇門扉，車子，石頭，通往海的這條街道，左邊人行道以及右邊的，頭頂上的天空以及此刻天空下顯露的畫面，也是妳。出來走走的時候妳會用哪一種香水？松木香？

2 法國鄉間常見的情形，早上睡醒會聽見蒼蠅飛來飛去在窗上拍拍撞撞。

肉鋪的味道？海水的氣息？或者飄自遠方化學廠的風？我只能麻木自己，攀緊，重新攀附生活。我們的兒子餓了而且他想尿尿。妳該回去了，回到妳住的地方，繼續捱受拳打腳踢然後死去。

我記得那天透進屋裡的光，我也記得那些不用上學的早晨，光線落入兒時的房間，我記得十歲時二月週日午後的光影浸泡著我的空虛憂愁。我記得奔跑時心中滿滿的妳以及燈光將街道染得通亮。那些能照亮全世界的光，只屬於我們。當某人的世界放晴，對我而言是雪景。我遺忘了家具，牆的色澤，地板，房間的次序和格局。沙發是不是L型，是紅色還是綠色。門把，開關，木地板或毛毯地面。我們住在幾樓生活，鄰居的名字，四歲時戀人的髮色。學校的名字，老師的名字。但我不會遺忘那些光影，在屋裡，教室裡，人群中，眼底。我將這些光收束在我的一片漆黑，妳呢？妳有嗎？在妳幽暗的世界裡可有一絲光線？妳是否還記得那依稀的日光？妳還留著那些陰暗嗎？或者那些光芒？我們的光？兒子有時會和我說起，那些事在他爍白的記憶裡閃現，我只能看著他腦海中的妳日漸褪色。孩提失憶。他忘記妳的身體，妳的溫度，終究遺忘了妳的手。妳的身影，妳的味道，幼稚園的下課接送。妳的料理，擁抱，妳的眼神，妳的聲音。妳僅僅伴著光影顯現。告別形體的記憶後，妳首先顯現在季節裡。妳是冬季或者夏季，接著過了幾年後妳會是春天。在數月中游移，在深夜間擱淺，在圍繞正午的明亮時刻，在空乏的白晝，在微如種子的分秒。有妳光影的記憶標記著我們的時間。

　　我們會照著妳說那樣，今日亦然，我照著妳說的做，妳教過我。幾點吃飯，肉該煮多久，麵糰，蛋，在孩子睡前跟他們說些開心的事，在每個來臨的日子裡我們都能找到的那些喜悅，如果沒有，完全沒有，那麼我們就編造快樂，置入微小片刻，不為它實存於現下，而為敘述過往。我們會在最後的這一日前往岸邊沙灘，會強迫自己一早出發，在開車回家之前。我們會挑一棵樹，看起來最老的一棵，最近似老人模樣的樹，輪流拍下它，兒子與我，並在回到巴黎沖洗底片的那一刻，決定最美的畫面。我們會請一位路人替我們拍下合照，他會拍兩張，我們坐在石階上，在面海那條路的盡頭。我們的兒子五歲，他鞋子的黏扣帶已經太舊，失去黏性，我想著妳會幫他買雙新的，他穿著一條短褲，一件無袖背心，看起來是那麼適合他，他的頭髮過長，我想著妳會替他修短。拍下的第一張照片他擺出模仿空手道的姿勢，笑著直視鏡頭，我在旁邊，一隻手托著臉，我想讓自己看起來英俊迷人，萬一妳會瞧見畫面，萬一與妳講到度假時我拿出這張照片。然而我是如此哀傷，按下快門的那永恆瞬間我的眼睛微閉，顯得癡呆愚蠢。第二張照片，我們的兒子吸吮他的拇指，手肘抵在他的大腿上，另一隻手靠著我的，他始終看著鏡頭，眼神迷茫，我知道他只是累了。而我，重新挺起胸背，更加帥氣挺拔，臉部微微朝下，然而又再一次，我認為全世界攝影技術最糟糕的人，在我眨眼的千分之一秒之際，按下了快門，拍下我白癡的蠢樣。

但我知道怎麼拍妳，我知道如何置身角落然後靜待完美時機捕捉畫面。我知道妳曉得我就在不遠處的鏡頭後方，但我們佯裝不曉得彼此在那。妳是我拍攝的主題，我最鍾愛的主題，戰爭，頭版。然後在某一刻，我要求妳倚身一面白牆上，我不需要任何顏色。我要做什麼？什麼都不用，這樣就好。我要笑嗎？對，要，微笑。我可以抽菸嗎？嗯可以，妳可以抽菸。露出妳的側臉。哪一邊？無所謂。我以為自己重建了藝術與世界，我以為人們拍過風景與機器，卻從未拍過臉龐，從未有人，我是第一個。多麼難以置信，在我之前沒有任何人曾有過如此念頭。難道沒有人喜歡？妳讓我知道如何替孩子拍下美好的畫面，在他不亂動，不哭鬧，不做出醜陋鬼臉的情況下。在他熟睡之際拍下他。我有幾百萬張我們兒子睡在世界各地各式床鋪的照片，火車座椅、餐廳、公園長凳、沙灘。妳有留著這些照片嗎？妳想要一張？拿吧，抽屜裡有一堆。每當我要出門幾天時我會帶上一張，有人傷害我時它總能派上用場。比妳帶給我的痛更痛吧，我不曉得，也許，只是一點傷，在我覺得妳帶給我的痛沒那麼痛之時。痛是否有等級之分？它有名字嗎？叫作人生？我沒有半張我們倆的照片，只有三張兒子和妳的合照。他還是嬰兒，第一張照片妳在床上，他坐在妳的肚子上，你們看著彼此，沒有誰的眼睛微閉。第二張照片妳抓著他的腳，你們站在房間，大鏡子前。他倒過來，頭朝下，看起來很快樂。這兩張是黑白照片。我帶著出門的第三張，是彩色。我不知道這在哪裡。是我拍下這張照片，我很確定，然而我卻無法想起在什麼地點。大概是某個地方。我想，應該存在這麼一座島，島上逐年累月布滿一切所有奇異陌生與模糊朦朧的攝影畫面。一座過曝的島隱約浮在一片紫色的海洋間。這張照片裡，宛若夏日，有光影映在你們的臉龐，午餐到了尾聲。我們的兒子大約兩歲，坐在妳的腿上，木桌前。他望著妳環在他胸前的手，穿著一件天空藍的背心，而妳，則是一件印花洋裝，紅紫藍色的花朵，暗沉舊往的色澤。那是一件二手衣，妳是多麼地喜愛。

畫面外似乎還有其他人，我應該去問問人們，請問您是否在這張照片上？是在哪？能不能和我說說那一刻。

我時常凝視妳，只是從未在公共場合。在飯店房裡，在火車上的廁所間，在入眠以前伴著手機的光線。自尊與痛楚是同樣意思，所有的畫面皆是哀傷，皆是最末一刻，失去的回憶。

妳的刺青還在嗎？妳的S呢？讓我看看。我時不時地會想到它，埋在地底下，成了什麼模樣？我曾畫在妳的皮膚上，S可以是其他事物，妳曾對妳男人說過那是一條蛇。他信妳了嗎？嫉妒一切，指責妳的過往，卻對大地與海漠不在乎，全世界如何也無所謂。看看我的，已漸漸褪去，斑駁的M，不再是妳名字最初的樣子，一如妳的狀態，妳的世界。我還刺了一些其他字，除了字母與名字，我從未有過其他刺青，宛如一座紀念建築，只不過上頭僅刻有女性之名。有幾個L，幾個A，而這個嗎？刺在手臂上的這個？我之後再告訴妳，那是最重要的，繼妳之後的愛情，繼妳死後的生命。我猶豫，猶豫著發出任何一個最微小的字詞，她唯一的名字，但那是如此地美麗。當我和妳說起她時，我懇求妳，答應我，靜靜地並且斂藏妳的氣息。如果在我們之後妳曾擁有過另一段生活，如此地短暫，如此地暴烈絢爛，那麼請容許我也能夠擁有幸福，容許愛情重新包覆我的黑影與脆弱的身軀。接受妳並未奪走全部，抑或者失去意義的花朵並未如我們混亂的人生般迅速凋萎。我愛過，是妳給了我愛人的渴望。我愛過一如妳曾愛過，我愛過一如妳愛過我那樣，我愛過一如妳教會我如何去愛，我愛過一如我看著妳如何愛著他人，我愛著而對妳的愛不間斷。我祈求蒼天與上帝讓我再愛一些。我相信生命可以缺失一切，健康、孩子、金錢、風日晴雨、痊癒的希冀，但無法沒有愛，無法，就像自尊與痛楚。人從來只因無愛而逝。我從未在愛之中感到痛苦，妳和我這麼說過。我心愛的可憐兒，我為妳感到如此地痛，我搖晃我的頭部直至身體支解想分擔妳的疼痛，而妳飄搖著。我溫柔的愛，我的寶寶。

醫生說妳的大腦撞到顱骨，我聽不懂他的語言，我們和妳的父親一起聽著。我猛拍著煙，勒緊霧，揍擊水氣，我狂奔為了沉入那條穿透過城市的河，也必須洗去那不再流動的血跡。世界，生命，並非在妳之前亦非在妳之後。而在妳破碎死寂的軀體之前與之後，在拳打腳踢之前與之後，憤怒，憎恨，羞辱。受傷死去的人死去，而活著的人承受傷痕。

羞辱之前，我們回到巴黎。我很快樂而我們的兒子睡在車子後座，我開始成為一個沒有妳的男人，租賃事物，房子、車子、暫時的愛情，我只預備眼下的未來，一心盼望喚起昔日的黃昏。孩子在同班的朋友家借宿，父親在夜晚床上的溫柔鄉。像個永不停歇的獵豔者，知道自己身為戰士，熟練地對抗每個黑夜的到來，只需沉睡，無需多想，無數溫柔懷中，彼此交纏，挖空此處填補他處，更加微渺。只夠應對當下，思索如何封存每一刻現時，否則轉瞬即成過往。我們如何能在昔日之景活著今日？放眼盡是過去。無論何種凝視，何種切入視角，僅僅都如畫者與音樂家的手姿，繪畫與音樂，匆匆即逝。我們只剩下幾個小時，妳、兒子與我。無憂無慮的路途，我們在一處休息站中花光了錢，那建築宛若消逝在落日的殘暉中。我們開著，無知地駛向最糟的事物，甚至不是駛向妳。無所謂。妳的悲劇遲早會撞毀指南針、回歸線、南北極，而我們會發現痛苦相等，結果相同。距離與痛楚，無法開脫，唯有貼近，待在痛苦的內部才會好一些。置身痛的核心。呼吸落在妳身上的拳頭旁呼嘯而過的風，睡在死者身上，汲取他們的汗水，嚥下他們的氣息，舔舐角膜表層的液體，凝結痛楚並吞下，然後帶著歡愉排泄而出。悲劇與悲劇之間殘存微量幸福，望著兒子在後座沉睡的幸福，還稠稠濕濕的巧克力落在他嘴角。聆聽音樂是幸福，巴哈與科恩[3]並不哀傷，在那樣的幾小時內還能聽著他們的旋律，回途安好。以另一種方式，挾帶疑慮，記憶，嘲諷。發覺田野如此美麗是幸福，因我們駛離，田野以驚人高速凝成昔日的風景。返回城市是幸福，七月末的城市多麼美麗，留下的事物宛若等候我們的身姿。公車亭的海報換了，我也該著手處理我們電影的海報了。我寄出訊息，所有的人內容相同，發行人、製片人、演員。在某個週六，簡短，溫柔，平凡無奇。回電給我談電影的事，親吻我親愛的珍妮絲，我親愛的約翰，我親愛的小史，我親愛的奧麗芙。這封訊息會是兇手解釋其行徑的最佳捍衛說詞，這封訊息會登上新聞版面頭條。這封訊息，妳並不是第一個讀到，妳被竊聽，有人監視著妳。在妳那共產的世界中，妳被圍捕，間諜就在團隊內部，狡猾，技巧高超。他看起來欠缺人性的一面。他等著妳回來安撫他的情緒，而妳回來了，剛結束拍攝。下戲的演員永恆不死，脫離俗世，他們需要時間回到現實，他們認不清世界，國家、電波、現代性。他們還在演戲，絢麗炫目的光影，灰色垃圾袋做的海洋與紙板月亮，落在下巴的吻與無痛感的耳光。妳收到一封

3 科恩（Leonard Cohen，一九三四—二〇一六），加拿大創作歌手、音樂人、詩人、小說家。

訊息，妳看著電話，有人問是誰。沒什麼。是塞繆。他要妳唸出來，即使早在妳離開時就已讀過內容。妳完全不知情，高聲讀著，唸出了一部分，回電給我談電影的事。而那人，坐在妳面前，呼吸加速，知道妳並未讀出全部內容。為什麼妳不把接下來的內容唸完？那無傷大雅，那並不危險。親吻我親愛的珍妮絲[4]。妳曾飾演的角色之名。那不重要，幾乎微不足道。乏善可陳，無足輕重。然而對於鑽牛角尖之人，這已超出底線。對於整日等妳，所有事都做不了只能等妳，無法陪我們的孩子玩耍的人，這無法入耳。我不能親吻妳，那個跟妳有過一個孩子的我，那個進入妳而讓妳有了一個兒子的我，那個用著身軀貼著妳的身軀的我，我不再能親吻妳。而訊息裡的曖昧模糊被拿來捍衛這個兇殺暴行。某報則會刊以最大號標題：「簡訊引殺機」，那樣印著，在今日，就在這個國家。然而若他們懂得，若他們發明內心檢測器，在探究真相前先追問事實，那麼他們會看見。我珍愛的妳，我想著妳對兒子笑時也對我露出笑靨，回電給我我美麗的妳，我親吻妳一如愛著妳。我能想像他們的腦袋，螢幕前的張口驚愕，變化的臉色，這些足以再殺死妳第二次。而在這場荒謬的訴訟中，人們一逕譴責受害者，妳該是多麼痛苦，當永恆不渝的愛竟淪喪為失德。我期望人們在相愛中死去。

再愛千次且更多更多。

愛到遺忘一切除非他們一如我們愛著他們那般愛過。

我可以死去，在今夜與妳相會。

內心寧靜。

不。

我知道了。

我希望人們永遠愛得比愛更多，因為他們早已愛過。

4「（我）親吻（你）」（je t'embrasse）在法語中雖表示「親吻」的動作，但也是親人好友間十分常用的信件、訊息結束語，亦有行吻頰禮與擁抱之意。

我喜歡今晚見到的女孩，她對我的不幸一無所知。像一座冰山藏著一棵綠樹，我以為我也愛上她了。然而這是錯覺，這只是為了學妳，在一片漆黑中挨陌生胴體尋找妳。我喜歡她帶著我，去到那些我不認識的角落，反正很容易，四處都是他方。那裡有著咖啡館與上百萬年輕人擠在露天座，位子都被坐滿，不過站著更好，人群彼此雜糅。憂鬱迷人，於是女孩們看著我，如此瘦削，眼神迷離，但我仍舊笑著。然後我的手機聲響，是妳，我走離人群為了和妳說話，電話裡是一名男子，手機螢幕上確實是妳的名字，我又看了一次。男人大聲吼著，粗魯地說出名字，而我成功唸出他的名字。有這麼幾次，當妳愛著他，當他殺了妳，在妳死之後，在我們兒子面前為了讓他明白如何不帶畏懼地發出這個音。我唸著他的名字並刻意壓抑呼吸，面不改色。字眼不具任何意涵，然而名字，人的名字，發出那些奪走你一切的人的名字，會是種考驗，並非總辦得到。勇氣，並非如此容易，得視情況而定，視血液裡的酒精多寡而定。

是的沒錯，我為此喝酒，為了不被一個名字擊垮。當人們講出那名字，就彷彿朝著我的臉吐了一口痰，總是如此。甚至有時，人們並不善良，他們講出名字只為看看從口中說出是什麼樣子，感受窮極無聊而躁動的心靈，喚醒沉睡的急迫，微微的刀戳，這裡，那裡，我留有每一道切口，遍布全身，名字的疤痕。所以我刺下女性之名緩撫殤火。偶爾我們的兒子發出那個字，我會為此咒罵失去理智掙脫一切控制。我知道不在身邊時他也會聽到那個名字，那個字眼緩緩地滲入黑夜、波流、絲絲惡意。人們當著我的面提起時，都佯裝從未向我談過一般，似乎需要他們提起我才會憶及，好像照射世界的光芒只屬於他們。我才明瞭人們有多麼熱愛不幸，令妳死去的不幸，讓女人遭受暴力的不幸、埋葬家庭的不幸。我們不能總是因他的名字而承受痛苦，遲早精疲力竭，因此我以別種方式指涉他，妳會同意吧？有時我會說他的名字，當我一切挺好，當我的心溢滿其他事物。然而妳要留意，我的心會迅速掏空，在下一個瞬間，下一句話語，我便再也無力承受。我會替他的名字戴上一副面具。別人。他。那個誰。那個殺了妳的人。那個妳愛的人。我有個朋友擁有相同名字，我很喜歡他，然而每當我呼喚他，或者收到他的來訊，就彷彿有把刀刺穿我。每當和他談話，我總是避開唸出他的名，而當我不顧一切地說了，它便成了陌生的字眼，形同一句髒話。糟過操、智障、婊子、下三濫，不過那些髒話傷害不了我，它們從未殺死我兒子的母親。為了逗我們的孩子笑，我玩了一個遊戲，關於「兒」的遊戲，在最令人害怕不安的字眼加上「兒」，那樣總能讓它們顯得比較柔和。你罹患肺癌兒。大腦兒的腫瘤兒。你被開除兒且沒有賠償金兒。福島兒。媽媽死掉兒，她被暴力毆打，我們要把她埋進墳墓兒。但用在妳身上無效，曾有個人在某日說過，妳會死去是因為妳遇上一個沒有幽默感的男人，這是真的，不具幽默感的人們是全世界最危險的一群人，他們在所到之處輾斃一切事物。即便大自然亦懂得詼諧，看看那些動物如何逗趣滑稽，在熱帶叢林中如何賣弄發情，如何舞動以及如何變幻無窮。

此處在巴黎，夜晚，一旁喝醉的年輕女子張口索吻，我聽著他躁怒的語氣，不爽的口吻，燒灼。男人不想我們之間有任何關係，只能談孩子的事，只能「規劃事情」，一如他所說，不需要親吻妳，到此為止，不要把他當成傻子，他很清楚我們在玩弄什麼把戲，不會被耍，然後他掛掉電話。就在此前一刻，我明白妳也在，就在那邊，他身旁。我聽見他對妳說這不就好了，妳不發一語，但我知道妳在那，或許這也令他不快，我能感覺妳的存在。我曉得妳並未表現怒氣，負面情緒，妳藏在心裡。這幾乎令妳發笑，妳根本不識得何謂怒吼，自小讓一位極其溫柔的父親扶養長大，僅僅妳的呼吸氣息便足以令他感到美妙驚奇，我總有一日會書寫他的事，而那又是另一段故事。我回到我喜歡的女孩身邊，接吻。我和她訴說剛剛發生的一切，那令她難受，她問我是否依舊與妳有往來。沒有，僅只如此，在簡訊裡親吻僅止於此。

在接下來的談話前我必須先向妳說一些事，妳知道我想和妳出門走走，而一分鐘後，或一小時後，深夜外出時刻，我們會去見一位女子。或許我們會吵醒她，但我想要妳見見她。是她，刺在我手臂上的A。我會跟妳聊聊她，而妳會親吻她。和她，我們彼此相愛已久，在妳之後的幾年，愛了好幾年。她教養我們的孩子，她替他修剪頭髮，冬天為他穿衣保暖夏日為他減少衣物，她帶著他認識許多座海、田園、詩和電影。她生了一個小娃娃給他，是他的妹妹，我的女兒。是的，在我手臂上的是她，但是噓，我們暫時不談這個。我會擔心。但我們會見到A，妳會喜歡她，妳會將戴在頭上的花冠送給她。某日，我曾問A，問她是否曾愛別的男人勝過我，她回答我們的愛超乎其他。在我之後，A認識了其他男人，我不曉得她是否更愛他們，但我知道她深信如此，因為她相信愛情，而愛情與將來是同一個字，當我相信她，我便相信我自己，我們會去見她，是的。我知道，妳死後我們便能出門走走，也許我們會去看妳，到訪埋葬妳之處，大概會很好笑，畢竟難得會有人陪著葬於地底下的死者探訪他們的墓碑。妳想抽根菸嗎？我們共抽一根？我們也會去喝杯東西。我喜歡以往我們約在咖啡館碰面，訴說日常，那些沒有彼此陪伴度過的時光，以及在此之前的漫長人生，才因此明瞭生亦如死，而死亦如生。置身人群間我想到妳，我會希望是與妳講這通電話，妳聊著而我假裝不曉得妳過著什麼樣的生活，我們會談其他事物佯裝一切美好太平。

妳是否記得最後一次我們見到彼此？我是指真實相見，在這座廣場，就在妳出國離開的前夕。我不願意，但有份文件需要我們簽署，一些無關緊要的文件，那時我在工作，我不想見妳，大約有一個月以上的時間沒有見到妳。那是一份我們共同生活的紀錄，妳很堅持，我們必須要共同簽署這份文件，因為我們結過婚。是什麼文件，我已忘了，況且那也不是真的，妳根本不用我簽署這份文件，妳只是需要在離開前再見我一面。我簽了名，接著我們搭乘電梯下樓。妳看著我，笑著，妳說打起精神嘛，塞繆。打起精神嘛，塞繆，我時不時還會聽到這句話，像是父親在足球場上對我的鼓勵。在這座廣場上我們一起喝了咖啡。你好迷人，我想你，很想你。我要離開了，獨自一人，我會拍這部電影。拍完後，我會想得更清楚。我回答很好啊，恭喜妳，我沒意見。妳也是，妳是如此美麗，的確，我想念妳。我就像住在海拔八千公尺高處，那裡空氣稀薄，總之，我們說笑，不是所有人都適合嚴肅，那不是我們的習慣。我們就像在粉飾什麼，竭盡所能地歡笑，因為他等著妳，而妳感到恐懼。妳已感到恐懼。大雨已滂沱，黑夜已漫長。我不懂愛，不曉得那是什麼，也許那是具體的存在，或者準確的顏色。用網子是否能在空中捕撈愛？也許有些人曉得，但我不懂，不曉得愛是否會自行終止，關於愛我一無所知。曾有朋友想向我訴說他們的愛情，以及分離，但我從來不曉得如何回應，結局總是令我感到荒謬與想笑，而我也確實笑了。人們可以跟我談愛一如談委內瑞拉，一個我從未到過的國度。我會說應該很美吧。然而若他們堅持要我在這個話題上多談論些什麼，那麼我也只能說些憑空幻想的話語，說那裡夜空萬紫千紅，冰霜厚重，雪花紛飛，指觸旋即消融。我想，我只曉得，愛與生命之間的分別，愛永不消逝，它能轉世再新生。妳是我第一個愛，在我身上孕育形成。即便逝去，妳也並未帶走愛，無論對妳的愛，或對他人的愛。而我為此感謝，有什麼比將愛根植於靈魂更加美好？為了駁斥愛，於是有人對妳暴打，於是有人對妳痛毆猛擊，抹滅某日曾降生於此的愛，繼續茁壯的愛，而愛總是比形體稚嫩青春。他意不在殺死有形軀體，而在止斷其承載的情感，消除記憶，重植腦海。獨佔不夠，必須第一個擁有，愛情一如亞美利加州。妳別笑。我在某個十二月十七日降世，出生於離開母胎的二十年後，於黑塔遇見妳的那晚新生，我每年慶祝，回到那些地點，只關乎我，祕密的生日。我不在乎禮物，我只期待在那日發覺美好世界，早起並享受每一個小時。十二月十七日總是天晴，我保證，我確認過星象天文，而妳也知曉，可憐的妳，今天正是十二月十七日，陽光未曾掩藏，溫度異常攀升。我在清晨到臨前起床，梳洗與刮鬍，穿上乾淨的衣物，一件襯衫，一件外套，一雙新鞋，擦淨抹亮的鞋。樣子迷人，我走出門並走向我們，赴自己的約，多麼美好。高速公路，童年，城市，高樓，迂迴彎路。缺少現代化變革的晦暗，油漆粉刷，嶄新的混凝土建築。妳曾與我來過一次，我向妳展示住過的樓層，我房間的窗、樓梯、校園，以及通往學校那條路。我們步行走過，向愛人揭示孩提時光，揉合愛情與童年。今天妳也在我身邊，我對著人們微笑，他們覺得我在戀愛，是我召喚妳了嗎？我們是否觸動了超能力？若神是由愛而生，那麼我能理解祂的洶湧、祂的受難與祂的苦痛。我全意奔向妳而妳卻不在盡頭。我身後是童年。我曾為延續我們在一起的狀態，拒絕陌生的愛情，非單身，已交往，我為我們預約餐廳，前往赴約，我迫不及待地回家——曾是我們倆的家——為了和妳說話。我必須牢牢抓緊妳，而如果妳拋下這個世界，我不需跟著遺棄，我可以留守我們的世界，繼續，擁有我們的煩惱與歡愉，我可以分飾兩角。難道不是嗎？妳輪迴成什麼模樣？死人會夢見什麼？音樂無非是為了延續妳的存在，巴哈，始終是巴哈，妳的來電旋律就是這首樂曲，妳記得嗎？我記得妳的號碼，我也記得我父母親的，在記下01[5]之前，我記得憂傷攙雜著快樂，時常是那樣。但妳始終在那，妳若在身邊，我們是老夫老妻，若在他方，我便假裝是。我們之間不是喜歡，而是愛，是爭執、驚喜、意義、嫉妒、質疑、希望、諾言。若要愛我，就必須接受妳。一如A，她懂得如何愛我。她自己也非孑然一身。而那些存在，大多數我們都無法親聞眼見，它們飄浮於上空，於雙腳之間，攀附頸背，搖晃深夜睡寢，打開電冰箱、門扉與酒瓶，竊竊低喃惡意、毒液、怒氣。愛情、鬼魂、龍、母親、古老國度，那些離去的不會走太遠，它們自我們口中滲透，進入胃部，侵

5「01」為巴黎的電話區域碼。

襲脊椎、肝臟、腎臟，痛在裡頭。

這天是二〇〇三年七月二十六日，約午夜時分，我走著，走著，我走著，感到沉重。妳離開我的這一年，我住在一間小公寓。我們的兒子在一個朋友家，這個時間他睡了。我帶一位喜歡的女孩回家，我們喝酒，帶著醉意。正值夏日，人們躍入水池，近一萬五千人不耐酷暑與乾渴而死，在這裡，在我們的國度。妳很快就會遭毆打致死，在今日，在我們的世界。我那時為何沒有失足摔落？或許有吧，我也不清楚。施暴者是否自以為是太陽？我問自己是在何時，哪一刻？例如在我們同時思念彼此與吃飯與洗澡之際，在哪一刻妳受到致命的重擊？在哪一刻妳的大腦撞到顱骨？我想知道時間。只是想知道即便無濟於事，但我不願一日之中再出現這些分秒，如此我才會好受些。我想不起任何一絲與我相關的異樣，我持續打撈。是否某輛車子在千鈞一髮之際閃過我？是否我曾感到突如其來的疼痛？右膝是否虛弱無力？我確定自己輸入了大樓的密碼，但如今已不記得密碼是什麼。在經過花園前？在開門之際？在我們穿過公寓抵達房間之時？我做了愛，我記得，所以是在做愛之時？姑且就這樣說吧。我們就這樣說，好吧？要仔細描述事件。即便妳陷入昏迷之際我正撒尿或打開公寓的門，但我建議我們調整一下故事。

妳正在死去，而我在做愛。

如何？

我知道電話聲響時我還在睡，女孩也沉睡，沒醒過來。螢幕上顯示陌生的號碼，數字1、3、9，我不太記得，我知道是妳，知道是從妳那裡打來，鈴響三次接起之前，我曾想像這通電話的來意，妳想和我談今晚稍早致電的那個男人，妳離開，跑到別處，在某地方，電話亭，咖啡館，另外某間旅館。我可以親吻妳，我依舊可以親吻妳，沒有躁怒的語氣在這世界妨礙，而在今夜，妳也一樣親吻我，無論我在哪，在哪雙臂膀裡，妳會想要我吻妳，會想我說給妳聽，愛情因此混淆不清。數千次的吻之中，這一吻聖潔純淨。

我走出房門接起電話。

另一端男人的聲音平穩，嚴肅如一頭獸盡力抑制著氣息。我們需要談談，解釋，彼此理解。對他而言這一切無法忍受。

「什麼？」

「這種生活、這些人、這個女人、你。她到底算誰？她以為她是誰？跟著這些人，拍這電影，還有她父親，噢她那個父親，一直在，陰魂不散。」

「不，他們很少見面。」

「沒錯，但他始終都在，沒有人可以像這樣一直杵在一旁。」

「可以。」

「那你呢？她跟你又是什麼關係？你們背著我彼此聯絡？是不是？你們一直沒有分開過，你們在耍我。而我，你知道我做了什麼嗎？我離開懷孕的妻子，我的第二個孩子，拋下了全部，不再聯繫，完全沒有，除了安排孩子的生活，其餘一切停止，我對她說不要再打給我。但如果你們都能繼續聯絡，我又何必要這麼做，你可不可以告訴我？」

「我不知道。但我們沒有刻意聯繫，瑪麗只是有時想和兒子說話才打來，我是順便和她說上幾句。」

「你跟她說什麼？」

「沒什麼，生活，就這樣。我知道她愛你，她為了你離開我，她對我說她很愛你。我們之間沒有什麼，只有一段漫長的過去，她是我愛上的第一個女人，我的第一個愛。」

「我也一樣。」

「但你跟另一個女人有兩個孩子，你和她生活了很久。事實就是如此。」

「瑪麗要求我斷絕跟這女人的連結。」

「沒想到她會這樣。不過你應該拒絕。我見過你前妻，某日她曾打電話給我希望能見一面，我們在我工作的地方附近喝了杯咖啡，我很喜歡她。」

「瑪麗要離開我了。」

「我不覺得，你應該要感到快樂。」

我們談了許久，他的話尤其多。同樣的字眼混淆在相似的句子，我只想著妳。我沒有說謊但也未道出事實，說了無益。妳愛他，我對他說了這句。妳愛我而我愛妳，我沒說出口。妳在我們之前也愛過別人，我沒說出口。妳會愛上別人，我沒說出口。妳多情，妳總是在戀愛，妳一生時時刻刻都在愛。妳曾為我而拋開某個人，速速拋棄。我們隔日便幸福快樂地在一起。而妳同樣迅速地拋開我，為了今晚和我說話的這個男人。妳懂得讓人遺忘妳的過去，為了使現在轉眼即成來日。妳讓我學會，故事發展的線索，在於故事最初如何開始。男人無法接受的部分，依舊是妳，妳無法掩蓋一世。

利用孩子的男人讓人忍無可忍，墮落邪惡，迫使女人別無選擇地只能成為母親，將之削弱為一個哺乳者的角色。男人之間無法容許如此，會引起戰爭。

「瑪麗在哪？」

「在房間，睡覺。」

我什麼也不曉得，不認得那些地方，我只明白你們住在某座公寓，他與妳不在同一間房。危險，呼叫危機處理中心。那是一週的尾聲，妳十分疲倦，他等著妳為了爆發宣泄，積累連日以來妳的自由、妳的自主，而他當那個等妳的人，那個厭惡妳行動的人，妳的衣著，周圍的人，妳的疲憊，妳喜歡的事物，妳對他人的笑，眼神，共抽一根菸，妳誦讀的台詞字句。我看得見妳。我知道妳睡在床上藏身於一場假寐，像個八歲小孩，明日一切都會好一些。

「我們今晚大吵一架，我打了她耳光。」

我不懂，我不明白那句話的意思，我不發一語，那不影響我，無關緊要，不是真的，不存在。我累了，我受夠了和這個人的對話，他誇大其詞，泣訴得過於煽情。即便是他想跟我溝通，他依慣只是抱怨與哭訴，不僅使一場普通感冒惡化為絕症，且糾纏著我，那些無關緊要的字眼，在稍晚的深夜，縈繞不去。自噩夢裡擷取的畫面打斷了白日做夢的人。耳光，以及那一句話，我打了她耳光。究竟，意味著什麼？我在兩千零三十公里遠，感同身受，並且聽見，耳光的回響。動手的人不會只對一個人動手，我想像妳被打，挨耳光，我看見妳此刻的眼神，妳的嘴型，或許妳的頭偏移了一點，妳依舊看著他，妳笑著。我不覺得妳的手會擱在臉龐，我不曉得妳是否感到害怕，耳光的回音在黑夜中盪開。我想起我們沉睡的兒子，大概是側睡，他睡了很久，睡在他朋友的床上，或者鋪在地上的床墊，嘴裡一定還吸著拇指，腳露出被單外，我想像他在某個時刻翻身睡回被窩內，對於這世界正在上演的事，那些帶著敵意的事，一無所知。為此妳才離開房間，為了不驚擾任何人。相鄰的人，離此兩千零三十公里遠的人。妳的一端沉沉睡去，在他方，夢境，床的氣息；而此處喧騰，青筋鼓脹，妳轉身並離去。赤裸雙足，妳只曉得躡著腳尖行走。必須入睡，彷彿童年，編織一朵雲的形狀。妳聽見有人打給我，那令妳安心，妳曉得我會在那，曉得我不會做出任何傷害妳的事，於是電話打來了，妳假裝，我曉得妳佯裝入睡。我想帶妳去餐廳，一如以前那樣在夜深時前往，我想在其他人沉睡時進食，我想黑夜就這此隱形並失去意義，我不想夜晚再次降臨。眼神，愛，胴體間的胴體，家中鐵片百葉窗永遠掩上，裡頭近乎空無一物，一張紅色天鵝絨沙發、一張桌子、兩張椅子、一台咖啡機，我打算買一台電冰箱，用以存放，新的事物，保鮮。妳曾送我一盞白色檯燈，我不自覺地開燈，抽菸，繼續聽著，那聲音妨礙我入眠，對著另一部分的我說話，我偶爾回應「嗯」。幾日後，我會坐在巴黎警局的一張椅上，將這段對話告訴警方，努力回想這些字句，這些沒聽入耳裡的話語。我會凝望放在辦公桌上的燈並想到妳送過我的那盞，我會想到這一刻，想到在我開燈的那一瞬間，耳裡並沒認真聽進那頭的聲音正向我訴說妳在質問他，是妳，而他為了讓妳安靜打了妳耳光，以及想到我一直只想跟妳說話。我們談談這些，好嗎？告訴我哪裡被打？被揍了幾下？他們說妳流血了。我感到陌生，在此處，在我家，在女孩的懷裡，在床上，面對條子，對於妳流出的血感到陌生，對於妳的身軀亦然。我只熟悉菸與光，相同的燈泡同時照亮一切，寂寥與悲劇，同樣的光映在不停轉身、不停對著我說話的男人身上，除此以外我想像不出其他。

我又問了一次妳在哪。

「在房間。」

「去確認她是否還好。」

我聽見挪動的窸窣，我聽見他傾身，聽見他輕喊妳的名，溫柔地，然後是我的。他說是塞繆。瑪麗，是塞繆。我似乎聽見妳的氣息。

妳的肩揉蹭著床單。

「她沒醒。」

他大概把聽筒貼在妳耳際，我說瑪麗，是塞繆，妳聽得見我說話嗎？妳那時是否聽見我說話？對著死去的人說話會流逝多少我們的時光？

妳是否聽見我說話？

「嗯。」

我或許對妳說了晚安，是的，我跟妳說了，而我也想睡，什麼都不想再聽了，我只想在旁邊離妳遠遠地睡去。我和他說打給妳也身在同個國家的弟弟，他會去打，他向我道謝。時至今日我對這聲謝謝感到羞恥，那是對我的愚蠢致謝。我早該如此，在他深夜打來那通電話的當下，在妳還完好如初時，我早該將自己調為同等暴力，混入他的同黨間，回到雄性的原始以保護妳，以暴力對峙暴力。

我仍舊在床上抽菸，女孩翻身，我的手放在她背上，我忘了某些事，但我不曉得是什麼。我打給妳也在同個國家的母親，無人接聽，我沒有留下語音。我忘了某些事情。

我睡去。

我想要拍賣會上兜售的夢，我會買下這一夜的夢，因電話聲響而被中斷的夢境。晨光有時如此短暫，妳教我學會喜歡；孤獨無所適從的時刻，只會帶給人們焦慮。

還不到清晨六點，妳被發現在床上緩緩死去。我的手還放在那位熟睡女孩的背上，我被另一個聲音喚醒，螢幕上的數字仍然陌生，太多碼了，我聽見一些字詞，背景的一端是另一種語言，男人們的聲音，妳還記得嗎？他們似乎要將妳抬起送去醫院，是嗎？我起身回到妳那盞燈前坐著，這裡，絲毫沒變。他們交代我通知其他人，告知他們，然而說什麼？我不曉得要對他們說什麼，我一無所知，只知道我身在的此處，而此處，風平浪靜。我只聽見電話中那些人聲，僅此而已。戲耍嘲弄的殘忍口吻，說著：她還沒死但已奄奄一息。我們會進行腦部手術。他把她揍碎了。來跟她做最後道別，告知其他人，請他們做好心理準備。告訴她父親。我們會再通知你。

我撥的第一通電話是妳的號碼，我沒有留言但聽著答錄機裡妳的聲音，妳曾錄下我的聲音，一首曲子，妳還記得嗎？妳還記得怎麼唱嗎？妳對貓王的歌熟嗎？有時我會撥妳的號碼，像是今日，妳的號碼始終還在，語音系統留言說妳已不再使用，它必須這麼說，倘若話語不具任何意涵，我們也許能換掉留聲語音的內容。本號碼擁有者已死亡，無法回播給您。倘若接起來是某個人的聲音？女人的聲音，悅耳一如妳的嗓音美麗，我會和她談話，和她訴說一切，然後我會想見她，而我們會墜入情網。我們會說，是瑪麗派來的人。妳是否曾暗示過我？女人？聲音？黑影？雨？當我相信妳的存在時，似乎就開始看不見眼前，是否在地面上發生的一切皆來自逝者的暗示？什麼都沒有，在此之前，一切都是空的，世界堆積如一間未經收拾的屋子，荒棄無人，杳無聲息，一如雪景。我會跟人訴說，但不會說這是個夢，沒有人會在意。夢見人死去不會殺死人，但睡在夢裡的人殺得死，是的，一如妳。

我說妳即將死去。我毫無感覺，呆坐在地，把妳的情況告訴一些人。哭泣、靜默、叫吼、疑問。我什麼都不清楚，我和妳的父親談了而他也知情。他覺得人們對他撒了謊，說妳已死亡。他準備搭機前去看妳，我也是，他要我前往，必須待在那。我想繼續與在床上的女孩沉睡，起身時，下背疼痛如此劇烈，讓我又坍倒了下去，我無法再直起身子。我爬行至房間，攀爬上床。女孩醒來。

「你在做什麼？」

「沒什麼。我兒子的母親快要死了。」

「什麼？」

「她男人打了她。她昏迷中，不會再醒來。」

「怎麼會這樣！」

她坐起身子將我抱在懷裡，她不認識妳，不，其實她知道，她之前就知道妳。我不想待在她懷裡，也不想與她談任何事、任何人。她流下淚來而我只覺得厭煩，即便我理解她何以如此。

「你為什麼沒把我叫醒？」

「我不曉得……妳是神經外科醫師嗎？」

不能開玩笑，這並不好笑，時機不對；於是我在心裡想著，這幾次以來我是如此地逗笑自己。女孩想同我前去，至少陪我到機場，並在我離開時照顧我兒子。我端著一杯咖啡走出廚房，背部如此疼痛，是妳在那嗎？毆打的回音。我傾著身姿行走，狀似百歲佝僂。多麼巧合，在妳斷氣的那一刻，我罹患腎臟癌。我無法前去看我們的兒子，不，我無法，必須在妳死去之後。我親愛的母親會照顧他，會去他朋友家將他接回，電話裡的母親在哭，於是我說話口氣很差，而她停止哭泣。父親也聽見，他沒說什麼，只說了去吧，別擔心。然後咒罵一聲媽的便掛上電話。

我記得那個揍他妻子的男人。妳有印象我跟妳提過他嗎？在我住的那區。他叫作Jojo，總之，不是喬治就是喬瑟，但大家都叫他Jojo。他的妻子老是雙眼浮腫，滿臉瘀青，抿著嘴唇，住在我們這棟的樓上幾層樓。某晚她來到我們家，嘴角滲血，一手按著肚腹，另一手牽著他的兒子尚—皮耶，當時是我的玩伴。他們留在家裡過夜，我跟尚—皮耶一起睡，這讓我很開心。聽著大人在客廳談話，我們待在我房裡的床上談天說笑玩得很開懷，討論著鬼故事和那些住在獨棟住宅區遙不可及的女孩。

隔天我父親帶我去了拳擊場。

「那些打老婆、小孩或小狗的，往往是整天在公司被老闆打壓的人，他們以懦弱的方式逞能。」

之前有人打過妳嗎？而他，他是否也早就打過妳？

電話再度響起，女孩已離開我家，我為了去見妳整理行李，幾乎要把自己裝扮得瀟灑迷人，因為我相信妳會甦醒。我一直如此相信。回歸、重聚、圍坐桌邊，令人欣喜。物事更迭，凝望，有些事物成長，有些事物衰老，僥倖殘存。妳想知道什麼？慢慢來，別著急，否則妳會被新消息淹死。例如此刻：電話聲響，是K，他的前妻，她聽聞出了一些事，曉得妳在醫院，但她所知僅只如此。她也打電話給另一個人，家人。我準備行李，我不曉得該帶些什麼，夏日衣物，還是禦寒。我在包包裡裝滿所有東西，我沒有真正的包包，僅有一個類似包袱的袋子。我從未在沒有妳的狀況下獨自旅行，我聽著那女人說話，她的聲音溫柔，我曉得她美麗而深沉。我第一次在那間咖啡館見到她時，她穿著一件卡其連身褲，綁著頭髮。當她對著我說話時我想著這幅影像。我不發一語，我沒說妳即將死去。我該整理行李。他們要求我知會一些人，但此人，我並無義務告知，是她在說話。她說他確實如此，暴力，向來如此，而她心知肚明，她早已領受箇中之苦，曾有一次因此被送進醫院。她希望妳一切好轉無礙，希望我轉告她妳的後續情況。我什麼也沒說，我知道妳再也不會好轉，而我也不會給出任何新消息。我掛掉電話，巴黎正在融化。我的電話持續地響，我再也不會接起。

夏日，一如妳。

在前往機場的計程車上，司機與我聊及旅行，我對他說我要去見妳，說妳是我妻子，除此之外我不曉得說什麼。移向，文明國度。我想起日本、玻里尼西亞群島、義大利、那邊的等候室、直升機。異國的言語混合現代化噪音，喇叭、引擎、發動機，妳見過這些景象嗎？而妳又坐在哪個位置？哥本哈根，必須在2B航廈的隧道間奔馳，有時奔馳顯得荒謬，那是專屬生者，奔向活生生的人。每日都該有一班為死者而設的航次，為了那些不願前往的人，衰老無力令人作噁的招呼，低限度發動機，破裂的窗口，無需指令，亦無安全帶。我不曉得是否能抵達目的地，然而無所謂，到不了最好。我凝望鄰座休息的人，我看見他們死去，直接奔向惡化。這是妳的錯，世界隨妳一同死寂。我想像他們的臉龐，躺在樹林裡的屍體沾著污土，這些人之中，有誰會選擇火葬？我們從未談過後事，或許就像孩子，而妳卻要求我即刻長成大人。我怪妳讓我衰老，背痛，脫髮禿頭，肌膚龜裂。此地，計程車穿越城市，這是哪座城？人行道是草地鋪面，女人圍戴絲巾，手提滿載蔬菜與馬鈴薯的塑膠袋，母親們面目醜陋，而她們長大的美麗女兒只想出走。這個無法留住人的國度是哪裡？妳不該在此處死去。透過窗，天空看似欲將它灰色的不幸揉碎在毀損的石頭與田園之上，那一刻我理解了暴力，哀傷的宇宙傾身籠罩整座城。戰爭已是過往，而我卻依稀感覺到尚有一役，無法眼見。醫院如此高聳，看起來就像我們兒子降生的那一棟，門口擠滿人，我認識其中的幾位，至於其他的，法國人或當地人士，我不認識，但他們都戴著一張哀傷的面容。攝影師開始包圍四周，媒體獲知消息，永遠知情，飛機滿滿皆是消息提供者，一旁角落的小報記者，無事可寫，而妳的傷痕即將豐富他的版面。他們帶我上樓，一條走廊，一條我無需奔走的通道，一名女子替我穿上輕質藍色布料，一頂髮帽，另一名女子以相同材質掩覆了我的鞋子。一扇門微啟，我望見妳父親坐著，凝視他的前方，神情一如孩童，他也同樣穿戴這身荒謬的非正式服裝，什麼也無法隔絕保護。他在那裡多久了？看著他如此凝視，妳該會多麼哀傷，而當目睹最後一顆星點殞滅，人們又該會如何地啜泣。我走向前，我已走向妳，激動，顫抖，緊繃，放慢每一寸步伐只為了拉長這條路。他們剛對妳進行完手術，一名男子在病房內追蹤觀察光圖、曲線圖、注射液。妳在這裡做什麼？在這張床上？厚厚的繃帶纏繞著妳的頭部，好幾處滲出褐色的漬跡，妳的容貌變形，他們在上面註明每一部位，右眼、左眼、鼻子、太陽穴、嘴、下巴，帶著毆傷的印記，宛如他們曾萬分仔細又精準無誤地毆遍每一寸部位。稍後，那個殺了妳的人便會聲稱我們見到的這張面容，是妳剛歷經手術後的結果，然而這個手術才是妳遭受毆打的後果。妳的臉龐是我見過最美麗也最哀傷的面容，能讓美麗如此灰飛煙滅的，唯有地震，以及一個男人。但他未能完全將之抹滅，我依舊覺得妳的美無與倫比。此刻，現在，給我妳的一小瓣皮膚，一片指甲吧。我輕聲耳語妳的名，即使在血與暴力的染妝下，我依舊能辨識妳的美。我不打算久待，穿白袍的男子告知我可以對妳說些話，他說英文，用著我能理解的簡單字詞。我按照指示，靠近妳的臉，由上俯視，我熟悉的視角，像夜裡我望著妳沉睡的樣子。我稍晚進到這間房，傾身看了一陣子，妳的肩露出在外，我看見妳手背上方的S，完好無損，我什麼都沒觸碰，而誰也無法這麼做。最輕柔的一吻亦足以焦灼妳的肌膚。我還能否在來日再愛上誰？

我說是塞繆，聲音如此低微以至於妳毫無聽見我的可能，何況還有纏繞在妳耳際的繃帶。我說別擔心，我會照顧我們的兒子，他會很好的。我立刻感到後悔說出口。白袍男子持續關注儀器，我不曉得他是否聽著我說話，那令我感到不自在，即使他聽不懂我們的語言，即使他日日見得各式各樣哀憐之人傾身訴說著諾言。我們能說些什麼？我好想說說其他，全意地對著妳，自私地只談我，對妳說我餓了，醫院裡應該要有個送餐員。這裡的伙食好嗎？我好累，飛機上擠滿人而且好熱。妳在想什麼？妳曾想過我們重新在一起嗎？我去了妳跟我說過的那間餐廳，我覺得有點噁心。我這陣子寫不太出什麼，沒有靈感，我跟妳聊過我可以寫的題材嗎？我覺得厭倦無聊，現在妳要死了，我再也不能抱怨我們之間心痛破裂的愛情。我必須得跟全世界的人一樣，為妳生命的終止而悲傷，但對於我們愛情的終止，我仍舊厭惡。

我準備和妳父親共進午餐，他懂得挑好酒，慢條斯理地挑選，詢問不諳法語的侍者的意見。我們談妳，某種歡愉存在於即將失去一切的人之中，最後的嘆息，那些微小片段的歡愉零星散布於身軀，於來日，於往後將感到快樂歡欣的人，它們彼此匯聚，一次燃燒綻放。海洋於一道波浪之中全然淘空。那個殺了妳的人剛剛被收押監禁，他似乎企圖自殺，為什麼？為了替自己的罪行辯護嗎？人們議論此事將會與談及妳死亡同等熱烈。我在白日之中行走，我打給我們的兒子，他不喜歡講電話，他不曉得要說些什麼，我也不曉得。他很好，在玩耍，與我的母親一起看卡通，我想起一位朋友，他父親是一位小兒科醫師，我會打給他讓他告訴我該怎麼做。我會去酒館喝一杯，我會選擇最烈的酒，角落旁的電視上某個廣告正播放歌手的ＭＶ，大都是電幻音樂。我每個鐘頭都撥出電話探問妳的消息，一切毫無進展。自法國來了一位專家替妳診斷，他是專業圈子裡的名人，也經常和名人來往，不時為他們操刀手術，因此稍稍振奮人心。然而連他也對妳束手無策，妳即將死去，妳必須死去。我們會將妳尚有生命的軀體以醫療專機帶回，我可以陪妳走這趟旅行，然而我不願見到妳，我必須學著習慣，開始習慣。街道上夜色將臨，我與越來越多的法國人擦身而過，與妳的電影拍攝團隊、他的朋友、他那一掛。此地成了一個最不吸引人而卻熱門的觀光景點。K打來好幾通電話，她最終明白妳的狀況有多嚴重，為早上那通電話感到相當懊悔。我為與他們擦肩交錯而感到羞愧，我不是父親、不是手足、不是兒子，我什麼也不是。我只是舊的，那個被妳遺棄的，那個應該對他人懷恨、妒忌，或甚至對這一切發生的事感到竊喜之人。我只該說出惡意言語，我不是那個該被安慰鼓舞的人，然而痛卻等著我，或者該說，我會帶著痛楚回憶這個受詛咒的國度，對這份愛刻骨銘心。很快地，我會對孩子發怒動粗，無需動手便已有傷痕，以那些不具意義的字眼。啊我不能想著這些，妳懂嗎？當我想到便會對你們抱持恨意，我們不談了。我來到妳在這座城市生活的公寓，我望著那些窗，妳房間的那扇窗，警察在那，混雜一些記者，那些法國人也在，而每個人都附著他們的群體，或者與之極其相似的人。攝影機彼此一致，閃光燈規律地閃，彷彿只為鍥而不捨地捕捉下相同的畫面，有時一台閃光燈啟動，十幾台其他閃光燈便於數秒之內旋即跟隨，宛如士兵面對看不見的危險開著槍火，什麼也沒有拍到，僅存一堵空洞無用的牆。他們等待，彼此相覷，談論其他事，再過幾小時，他們將會湊上來爭看妳平躺的軀體，儘管我們善意地以手護住妳臉部，金色毯子下仍隱約露出妳傷痕纍纍的肌膚。如此照片該有多昂貴。我退後然後跑走，也許我兒子自己也被包圍，我再次撥出電話，我的父親會去看看，我今晚會回家，但我不會去見我們的孩子，我還無力承受，必須等妳完完全全死去，就連一絲氣息我也無法欺瞞。何必對他說妳就要死了，既然妳最終會死。我不願對他說那些妳即將發生的事，但談過去還可以，談前一秒鐘，或者發生在我們當下的那一瞬。

在機場裡我感到一層保護，夜色掩飾醜陋，語言彼此交糅，我找尋廁所以便自慰，我在醫院裡就想了，還有之後在街上，我渴望高潮，渴望身軀顫動與逃逸。我並不渴望其他女孩，我也可以獨自飲酒，妳教會我酒精，孤獨之酒，最好，還有我們兩人共同生活的愛情。我曉得我會再回到這個國家，我在倉皇中離開，身後闔上的自動門與它們的玻璃質地一般脆弱。那個殺了你的人被囚禁牢籠，在妳死去之時。我知道你們彼此相愛，無論人們曾經如何又將持續如何議論，無視我無視憤怒，不顧理性不顧提出意見的那些人。而我愛著如同妳那般愛著。妳不曉得如何佯裝愛。在妳少女時期，妳對父母說妳去見朋友，但卻跑去荒野與工地蹓躂，妳為自己買下一瓶酒與一包菸，然後便徹夜獨自喝酒抽菸，我喜歡妳與我說的這段往事，我常常要妳再跟我說一次，因為我已成為妳的荒原。我凝視那些貼近妳童年的建築，想像妳坐在工地鷹架的橫梁上。如今我們的兒子像妳，有他陪伴的生活讓我心安，但我不曉得，或許他也在同樣的那些工地晃蕩，而今夜我會在他周圍遊走，登上瞭望台，在彼此相似的尿漬與雲朵之間。

我夢見羅馬，我已弄不清楚自己是否又到了登機室或飛機上，但我在羅馬的地鐵上，為了前去與妳相會。妳在一小張紙上寫下妳的地址，我把紙條拿給一名女子讓她告訴我路該怎麼走，然而她把紙條掉在一窪水中而地址就此模糊消失。我陷入恐慌，在地鐵的走道中落淚奔走，我聽見那名女子在遠處喊著不是往那邊，我想盡快找到妳，就像我們丟失了一個孩子，時間越是流逝妳就越發遙遠，我沒有走出地鐵，這和在巴黎的地鐵相同，但我在羅馬。我夢見我打斷一場夢，我說著等等，這是妳，這是真的，然後我回到這像場慶典歡宴的地方，在一座棚屋，離這裡遙遠，或許那是一座森林，妳親吻我的臉頰回應我對，是我，我很抱歉。每一回我夢見妳，經常如此，或者今夜亦然，妳總是在抱歉，抱歉什麼？妳死去嗎？留下我們嗎？但這些都是我藉妳的口說出的話，是我為妳的死而抱歉，為妳離我們而去，為我不夠迷人、強壯、風趣足以令妳留下。總有一日我們再也見不到彼此，妳還在時我從未想過這件事。我夢見我們去過的那些地方，它們經常彼此混淆，城市中的旅館、北方沙灘上的廢墟、海底的景色、我們離去的房間、被遺棄的屋子，再一次，在現實中遇見我們過往的風景，我不發一語，我又看見維蘇威火山，我們保持安靜，維持低調，火山與我。我回到這間位在那不勒斯的旅館，疲憊年老的警衛身穿灰毛皮衣，給我我們那間房。我想知道，是否是我喚醒了那些事物？或者是妳？愛之後是否還會有愛？

我在妳之前抵達。我租了旅館裡的一間房，在我父母家對面，兒子就在那邊，我沒有和他們說，我要了一間可以看見對街與那棟建築的房間。我的背部痛灼以致無法維持站姿，甚至平躺，每一分鐘都必須換個姿勢。或許這是妳其中一處避難所，妳來到了我背上嗎？

「是的。」

妳應該留下，我會習慣因妳而生的痛楚。

我不願再見到妳。妳就在不遠處，沉眠於郊區，只需搭一班巴士。我看著電視與抽菸，晚上就出門去。在家裡，此地，我置身世界盡頭。妳的臉開始出現在街道上，夜裡氣溫四十度，我不認識妳的這些影像，那像另一個生命，妳的肌膚喚起我注意，妳的手觸碰著我，妳的唇親吻著我的唇，離去的是妳的形體，我走向妳的郊區，良久。在醫院前，那些攝影記者還在，同一群，不具面容，似不時發出喀嚓聲響的蜂群。我走了一圈，跳過矮牆，穿過停車場，經過灌木叢，後方是工地，這裡很好。我凝望那些窗，我在你們生命的周圍飄遊，我們的兒子與妳沉睡著，我照看著，打跑一場噩夢，悶住警笛聲。我有個點子，我要喚醒妳，我們試過醫療，但我知道還可以怎麼做，如果沒效，就是真的不行了。我抓了一小把石頭，挑選那些最厚實與尖銳的，朝向窗子，一顆一顆丟出，不自高處亦不自左方開始，我恣意扔擲，我尋找其他石頭，要直丟到命中妳為止。我繼續搜集那些落下的石頭。小時候，我就會為了排解無聊，打破大樓前廳的玻璃。某一戶窗亮燈，我稍稍後退，心狂跳著，我又再扔擲一顆，一抹身影顯現，不是妳。我繼續，抛擲石頭的同時，口中用力低喃妳的名，我的手臂疼痛且呼吸短促，今夜是如此地熱。

我要回家。

可是路怎麼走？我想不起來。我再次回到我們的相遇之地，市郊的高塔飯店，黑塔，我記得妳穿著與今晚相同的洋裝，對吧？妳操控了我的血流速度。我不記得自己是如何睡去，不過隔日同樣又是電話聲將我吵醒。

必須停下對妳的治療，既然治療並無見效，妳必須死去，現在。因為我們的婚姻關係，身為配偶，我必須同意，我，我必須說出我同意妳死亡。我甚至還沒喝我的咖啡，我起床來到窗邊觀看我們兒子身處的那棟大樓。有個聲音對著我說話，像某種科技，類似遠距架設電視纜線。房間裡，有個小托盤放著茶包與沖泡雀巢即溶咖啡用的東西。我把水加熱。我同意讓妳死去。他們再次打來，我掛斷電話，坐在床上，等水煮開，大約兩分鐘，我看著說明，需放入一或兩匙，別多加，放在杯底，加水攪拌，咖啡完成。我遵照指示，回身坐著繼續攪拌。電話聲響，妳死了。

我想和妳出去走走，妳想嗎？我們可以帶上厚大衣、菸與一瓶酒。我有好酒，一瓶，我想吧。有一些地方可以去，而且，我不會再在巴黎迷路了，我以前喜歡迷路，和妳一起時偶爾會迷路。來，試試這件，我呢就穿這件毛衣，和我習慣的那雙鞋，在妳之前就有了。啊，在城市閒晃一圈真讓我開心，深夜更好，宛如百年之久，且不再落雨。妳喜歡這條街嗎？我在這住了四年，第一次獨自生活，我們可以走下去直到大道，不遠，走到底，這邊而已。可惜沒能去畫廊與公園，晚上那裡關閉。要是我就會全部開放，尤其在十二月。妳能穿越牆壁嗎？或自門底滑入？我曾玩笑地把妳當作死而復活的人，妳記得嗎？大道上有幾間咖啡館，我想喝點東西，那瓶酒我們留到晚一點，就像我們喜愛的克里斯托夫[6]那首歌。我想要一杯紅酒，妳呢？我們喝個爛醉？敬妳，但妳不一定要喝，我會喝掉，或者其實沒有爛醉可言，死人會酒醉嗎？我很久沒有這樣了。如果妳的腳會冷，我給妳我的鞋，妳偷穿我的，噢多麼滑稽！妳一定想不到和妳出來我有多麼開心，我甚至都熱了起來。我喜歡吧台，完美的位置，人們為此酌飲，愜意自在，他們該把學校裡的課桌椅換成吧台，這樣一來學生就會進步。那人為何要盯著我看？他覺得我很迷人還是怎樣？算了，我們去別的地方？我要給妳看樣東西。

我們得走點路，妳要留神玻璃碎片，妳是否仍在流血？會不會覺得死去的妳與一顆狀態良好的心臟走在一塊很無趣？那鮮血充盈著靜脈無

---

6 克里斯托夫（Christophe，一九四五—），本名丹尼爾・貝維阿卡（Daniel Bevilacqua），法國知名長青歌手。

趣嗎？那些墓地裡屍軀體內的血液都變成什麼樣？如果我是蚊子，我會選擇吸食死人。妳帶來勇氣，以及恐懼，勇氣予我，恐懼予他人。而我確信死亡只是用以減去生命的負重，需要長長的永恆以痊癒這短短的人生。

看，就是這裡，這間咖啡館前，我想這裡已有別於過往，巴黎的小館更多了。我母親就是將我們兒子帶回來這裡。當他見到我時，還在一百公尺遠，就朝向我奔來，他不曉得我即將把他殺死。之後只剩下這件事，孩子的奔馳，為了奔向我，在街道上，在懷中。

我們步行回家，牽著彼此的手，今日我們依舊牽著彼此的手，彼此維繫，如同散著步的老猶太人，與妳的父親同樣如此，我們牽著手走著，與我朋友R也是。對全世界的人而言，事情是否也同等嚴重？

「爸爸我們去哪裡？」

「我們回家。」

他還不習慣有兩個家，他會說我家「你家」，而講到妳家時他會說「我們家」，我理解，小孩子需要母親多過於父親，小孩子總是時時刻刻愛他們的母親，偶爾才愛他們的父親，一整天大概愛一到兩個鐘頭，當他們下班回家時。

「我必須跟你說一些事。」

「什麼？」

我不願在街上跟他談，我想回家說，他堅持要知道。他問我是不是驚喜，我跟他說是嚴重的事，他不懂，他從未遇過什麼嚴重的事，但他不再堅持。我感到恐懼，一切不再正常運作，心跳、呼吸、步伐，幾分鐘後，我會殺死我的兒子，殺死一部分的他，而且不能由其他人做這件事，為什麼不是一位陌生人，一位他再也不會見到的人。我的幾句話會殺死他，我，他的父親，將狠狠撞碎他的心靈。你還這麼小，生命曾是如此有趣，如今一切終結，不再有意思，今後也不再有趣，別以為所有五歲孩子都會遇上同樣的事，不，只有你。你或許根本就不該出生。如果早知道，我是否還會想要有你？我不曉得，也許不，也許依舊會。你有兩個家，現在剩一個了。貼著乳房的撫抱，結束了。睡前溫柔的嗓音，結束了。碧綠而美麗的眼眸，結束了。我平坦的胸，黑色的眼睛，這才是現實人生。

我們與兩名男孩錯身，他們以異樣的眼神看著我，走至稍遠，其中一位叫喊我的名字，我們停下腳步，轉身，男孩迸發大笑，而他的同伴也是，他們搭著彼此的肩並用盡全力地搖晃呼喊瑪麗。我們看著他們的行徑，直到他們離去，兒子問我為什麼他們這麼做，我告訴他我不曉得，我說大部分的瘋子都是自由身，沒受到監控管制。繞道蜿蜒，直走小巷，覓尋城市中的荒涼，拖延五分鐘，三分鐘，一分鐘，需要發生某件事，更大的事，另一齣悲劇，比悲劇更悲。給我另一個悲劇，大地震，不夠慘痛，天崩地裂，不夠，我自己的死亡，不夠。

我們到家了，我們家。在今晚之前我沒回過這裡，這是一條在巴黎可以輕易避開的路，而且醜陋，一如建築，但我還是希望妳偶爾能來這裡，對妳而言見到我獨自生活很滑稽，妳總說你還年輕，你還年輕，你還可以做很多事情。妳送我那盞燈，還有花，看過我的房間，我自此之後盥洗生活的地方。

我忘了密碼，妳知道嗎？還是妳無法辦到？無從得知大門密碼亦不會讀心術？死人一點用處也沒有，我們只能等別人來開門，這棟大樓很多住戶。等等，我隨機輸入一些數字，戰爭紀念日、和平週年紀念，我有時候也會用妳的生日，我特別喜歡有數字21的日子，我永遠搞不清楚妳的死亡日期，我會把它與妳昏迷的日子混淆，和我們分開的那日混淆，我知道是在夏季。我們攀過欄杆吧，妳看，很容易，妳可以爬到我的肩上，屬於我，以前我更有力氣，不過我夜晚比白天強壯。就是這裡，妳看見那座花園了嗎？它比一座小公園更廣闊，沒有任何兒童遊樂設施，僅有長椅，一片死寂的草地以及一扇扇宛如哀傷之眼凝望著我們的窗。而且，有個女子倚著窗櫺之眼，那是在哪扇窗？一名臃腫女子目不轉睛地盯著我們，只有我看向她時才轉開雙眼，但我始終能感覺到她的視線。這醜惡的場景又多了一名目擊者。

是哪一幕場景？那名年輕男子平靜地說話，顫抖，站著，在一位哭泣的孩子面前，男子如何致使坐在長椅上的這副稚幼身軀破滅？有意思，超乎尋常，通常不會有這些事。正值暑假，孩童都在其他地方，四分之三座大樓是空的，大樓看門人換了另一位太太，提著垃圾桶與信件穿越花園。那名臃腫女子仍舊覺得不尋常，也許應該做些什麼事，拯救那名面對著陌生人的孩童。因而這次，她沒有移轉目光，宛如目擊證人，具備指認我的能力，她會認出我的容貌，是他，4號，殺了人，無兇器，無觸碰，我看見他說了幾句話，隔著距離，而那名孩子……便破滅了。

我們要說些什麼才會達到這樣的效果？然而就在之後，男子將孩子抱進懷裡，緊緊摟著，親吻他的頭、臉頰、手，溫柔地對著他說話，似乎不斷重複一個字，而那個孩子便放聲大喊，我有聽見，我什麼時候會見到她？而男子回了一個字但我沒聽清楚，孩子又繼續問，不斷追問我什麼時候會見到她？便安靜下來，看著前方，男子一瞬也不瞬地看著孩子，他抹去淌在皮膚上的淚。他們起身，孩子在男子的懷裡，他們穿過花園，直到另一座建築，B棟。

我沒對兒子說妳因何而死，我說是一場意外，而對我也是，我用這模糊字眼搪塞自己，範圍寬鬆、龐大。一場意外意義不明，不會有人因此而死，一如巴黎大眾運輸公司用事故解釋乘客自殺。我們不會因一場意外而死，當人被一分為二、輾斃、閃電擊中、身體虛弱時，首先停下運作的器官是什麼？那才是致死原因，心臟停止跳動，而其他剩餘器官仍然良好運作，是妳的大腦遭受重擊，但妳的肺、心、腎皆安好平穩。

我說妳跌倒，因此頭部撞擊到桌角。我們到底怎麼了？我們曾是孩子，妳記得嗎？彷彿是昨日，甜糖與溜滑梯，逗趣的字眼與新奇的噪音。為何我們這麼快就置身地獄？我甚至還沒看見返回的路，而且，沒人告訴過我，人在死神來臨前就已經死了。就是這裡，在這座花園，撒旦存活於此。這就是我們的惡毒之土，圍繞這張長椅，沒有刀刺傷亡，而是言語殺人，肉眼不可見。妳嗅到氣息了嗎？火無法熄滅淚水，修過的草對此也頹唐無力，這片土地每一處曾是如此聖潔，它們一個一個地哭泣，一個一個地接續崩毀，轟……轟……宣告悲慘不幸與草地的乾枯，此處，一方土牆坍滑，那處，一片沙灘消弭，放眼盡是惡的證明，這世上的每一寸土地都厭惡著我們，我們今晚乘坐的這張長椅與其他人的並不相同，我曾見過戀人在那裡擁吻與吸大麻，一位老者坐著休息，有孩子在玩球，曾有小鳥，夏日的味道。我把我們的兒子放在長椅上，我跟他說他再也不會見到妳，再也不會。他問我何時會再見到妳，再也不會，他又問我何時會再見到妳，再也不會，再次詢問，再也不會。我說了他們交代我該說的話，那位醫生，我朋友的父親，我打過電話給他，他對我說我的孩子，他對我說孩子，死亡不是迪士尼樂園，不要給他希望。如果你自己這麼想，也一樣。不要留下希望，我的孩子。有兩件事要做，完全不要留下希望，他會跟你說他想再見到媽媽，會說他看到媽媽，在夢中，在夜裡，在街上，而你要告訴他：夢就只是夢，夜是黑的，街上的是別人。你懂嗎，孩子，如果你給他一絲希望，你的兒子永遠都不會好，我的孩子。永遠不要對死亡懷抱希望，不要寄望他們，活著的人都不一定能指望了。我的叔叔喬瑟夫從奧許維茲集中營回來後，我們就不再指望他什麼了。你明白嗎，孩子？另一件你要做的，就是帶他參加母親的葬禮，就算是個小嬰兒也該被帶去。生離死別的事，我們每個人都有，時間過久了會碰見更多。要從某處出發，才能繼續向前走到其他地方。這是你該做的，帶他走往他方，而為了啟程，先前去墓園。一切會好起來的，我的孩子。

去看看公寓吧。花園之後我們就是前往那裡避難，看了《辛普森家庭》的卡通，是兒子喜歡的。這裡一定有別人住著，但我要去和他們談談，他們會讓我們進去。

妳別嚇到人家。

「喂？」

「女士您好，不好意思，這麼晚還打擾您。我之前住在這裡，跟我兒子，我們只住了幾個月，然後發生了一些事，我們收到所愛的女人死訊，在這裡，在這裡，在您家。」

「我聽不懂您在說什麼。」

「當我住在您家時，我的太太死了。」

「在這間公寓裡？」

「不，她那時候在很遠的地方，那時也不是我太太了，但是我在您家接獲她的死訊，在臥房。」

「我要叫警察了。」

「不，您放心，沒事的。只是我太太今晚回來了，我想讓她看看這間公寓。」

「死掉那位？」

「對。」

「我叫警察！」

來吧，我們晃一圈，公寓位在一樓，浴室的窗對著大樓後方的斜坡。

我喜歡和妳躺在草地上，我們第一張床是草地與樹葉，靠近亞維儂舊車站，妳記得嗎？妳陪著我一直到火車站，我們提前抵達，在停車場旁，我們在柏樹林蔭後方，在車子後方，找到一小角隱祕的草坪，我們在那裡做了愛，靠著對方，面對著面彼此貼合，雙腿交纏，雙唇緊吻。我回來看妳那一次，下了火車後，立即與妳在我們祕密藏身處會合，在車子後方度過十分鐘，我倆最初的園地。如今已不復存在，高鐵車站改建，蓋了一座新的，我們的終點站改名為亞維儂中央站，我們的祕密園地由一個臨時停車處取而代之，一小片混凝土空地之類的，車門微開的計程車停放在那。我曾回到火車站，與一位自南特來的朋友碰面，我停在我們那片已鋪上瀝青的園地近處，我盯著地面，在計程車下，在混凝土下方，我會用其他方式走入。

看那邊，從和坡面水平同高的窗戶望進去，那裡是浴室，不太漂亮，只有基本的白色瓷磚、浴缸、洗手台，和一面簡單的鏡子，就是在這裡我教會我們兒子正確扣上他襯衫的扣子。我們準備將妳深埋。

我們早早醒來，我們的兒子吃過早餐後就去玩他的玩具模型。我待在廚房，我想寫些東西，在這天。我不曉得要寫些什麼，可能寫得不好，但我會寫。

我們得在九點三十分出門。

我替兒子洗澡、洗頭，他問我之後會變得如何。我不曉得。

他並不哀傷，我也沒有，某種興奮混合對這季節來說異常的酷熱。

在地獄中開學。

前日，我買了兩件白襯衫，一件給他，另一件給我。

他想自己穿，我們在同一時間一起套上我們的襯衫，他找不到他的第二隻袖子，我想幫他，他拒絕。我扣完自己襯衫的鈕扣，他穿好第二隻袖子，開始扣扣子，亂七八糟，他很氣惱。

「你的星期一跑到星期四去了。」

「什麼？」

「你的扣子，扣錯了。」

「為什麼是星期一跟星期四？」

「那是一個比喻。」

「為什麼我們不說星期二跟星期四？」

「我不曉得……可能大家都會這樣講。」

「星期三就跟……星期天囉。」

「你要這樣說也可以……不過，我想應該也沒有人說星期一跟星期四。」

「這比喻很莫名其妙！」

「莫名其妙！」

「沒有任何意思啊，讓人更煩。」

「莫名其妙！」

我替他扣上扣子。

他看著我做，我對著他笑，他們說他像我，但我曉得他的肌膚有妳的味道。

我們熄掉公寓燈光，一樓是如此陰暗，以致我們需要一直開著燈。

我希望他戴上帽子，但他不想，我跟他說現在是盛夏，我們會在戶外豔陽下久待，但並非唯一原因。我覺得這頂紅色帽子過大，繩子要繫到最緊，他戴這樣很好看，宛如每一個穿戴大人衣服的孩童。

反之則荒謬。

來吧，我們繼續走。夜色已深但我們會走到，妳願意把手給我嗎？

走共和國大道。

再走去羅蓋特街，不遠。

夜晚的墓園並未開放，它們另有弔唁、告別時段。來吧，自另一側，甘貝塔大道，那裡有常春藤遍布街牆，我們可以攀著藤蔓翻過牆面。

我們的兒子在我懷中，我們走著，人很多，約莫一千人，或者一萬人，他們在街道兩側，停滯不動，只轉動臉孔，看著我們經過，再看著後方的人經過。他們的神情比我們更加哀傷，我們魚貫前行一如即將自行入土的亡者，聽著：

「這是她兒子……這是她父親……」

我們往前走，上坡，繆塞……喀嚓……普魯斯特……喀嚓……德拉克洛瓦……喀嚓……[7]

寂靜得異常，我花了一些時間才察覺，這份寂靜如此嘈雜，並非來自動物野獸，亦非人類的低竊耳語，是別的，有一種聲音，無限增強。

喀嚓……喀嚓……喀嚓……

我回過頭，找尋聲響，我先是望向天空，一片空無，前方，後方，均無所獲。是否這種時候總是有如此聲響，不，我望向人影，人群間，喀嚓，我看見一人，另一人，一百人，近乎千人，千位攝影師，人群中我們總能快速辨識出他們，這些人無臉，對著我們接連拍照，好似扔擲石子，金屬質地的笑。我們值錢，此時，甚至超乎任何時刻，我們值錢，我不曉得值多少？一百？五百？五百九十九？

而若是我在這塊石頭上失足踉蹌？若是我跟兒子摔倒跌至妳的棺木前？一千？三千九百？或者如果我發瘋般地狂笑？或者如果我想尿尿，然後褪去褲子隨便在一處墓穴撒尿？或者如果我想撬開棺木，為了跟我兒子的母親再次接吻？這應該值一大筆錢，跟死人接吻，十萬？二十萬？如果她因這一吻而醒？

7 繆塞（Alfred de Musset，一八一〇—一八五七），法國作家；普魯斯特（Marcel Proust，一八七一—一九二二），法國作家；德拉克洛瓦（Eugène Delacroix，一七九八—一八六三），法國浪漫主義畫家。以上三位名人皆葬於拉雪茲神父公墓（le Cimetière du Père-Lachaise）。

一百萬？一個國家？一種信仰？

我們繼續走了許久。

我在尋找妳的父親，我知道他在前方，我想見到他。我們穿過人群，我們的兒子問我為何加快步伐？為了比賽，我想贏，前三名抵達。

右側超車，就像法規禁止的那樣。

人們似乎不會超越送葬隊行，維持一種死寂的節奏，應該要回想死者活著的時候，然而我只想到我的雙腿痠痛。

妳的父親在那。

我靠近他。

當我悄聲呼喚，他回過身來，對著我們微笑。

我們忘卻年歲。

在妳父親身旁，那份寂靜更加震耳欲聾。

噢若他能痛哭一場！

發出一聲嘆息！

做夢吧你們，無臉之人。

你們剛強冷血。

在愛之前無愛。

在人性之前了無生機。

我們抵達墓穴，那裡已被挖掘，等著我們，擺上椅子，另一側，留給無臉之人的席次，他們逕自入座，彼此相識。

合唱團、演講台、麥克風。

人們談話，引述他人，否定，說著今日棺材裡躺的不是她。我們兒子問我是不是真的。不，棺材裡並非空的，妳不在迪士尼樂園，不在天上，不在夢中，只在棺材裡。

而後，出現一個奇蹟。兒子口渴，我沒有帶水，我環望四處皆無，我必須找水，我詢問周遭的人們，沒有水，我往稍遠處走，詢問其他人，我們不再傾聽那些流言蜚語，我們找水，像冒險家、淘金者。

一名女子給我們一瓶水。這就解渴了！

奇蹟結束。

我們回到我們的位置。

一名政治人物在麥克風前致詞，我們的兒子問我那是誰，那位有權這樣說話的人是誰，那人似乎十分熟知他母親。我從未見過此人，孩子的母親是否認識？她從未見過那人，而麥克風就像屬於他的。

抬棺人散布於人群之中，他們給一些人玫瑰，我們示意要一朵，那名男子嘀咕說著花朵是要擺放在墓棺上，用以道別。等待的隊伍成形，無臉的人們各就各位，準確找到中心軸，走道上的人群鼓掌，玫瑰一朵一朵擺上妳的墓棺上，喧噪聲因獻花者而漸大漸小，即將輪到我們，我感到恐懼，我們的兒子問我他該做什麼，把花放在墓棺上，他說在我肩上他太高了，我會放低身姿，甚至屈膝跌跪而這會值三百。兒子問我人們是否總會如此獻花在靈柩上，或者只是為了他母親，我不曉得，我以為向來是扔土。

僅剩一位在我們之前。
玫瑰堆簇交疊。
死亡於死亡之上。

我們在妳面前。
我照著人們所說而做。
獻上玫瑰。
我愛妳。
我盡可能地蹲低。
我們的兒子傾身放下玫瑰。

我們愛妳。

寂靜被劃碎。

回去的路途比來時快速，我把兒子放下肩來走，走在我身旁。這個夏日打破以往酷暑的紀錄，過於炎熱以致人們無法快樂。

我們到家，我準備三明治當午餐，我們都累了，我提議去電影院或公園之前先午休。

兒子接受，但條件是我倆睡在我床上。

睡意很快地襲來。

我們一定做了夢。

我們睡了許久，直到夜晚來臨，直到今日再無剩下任何一絲微光。

已成昨日。

我始終找不到妳的墓。好吧，我不常來，但我知道每一次我都是剛好找到。

應該在更高處一些，然後火化塔的下方，再左邊一點，轉角處，或走道旁。

就是這裡。

妳喜歡嗎？簡單，低調。還是會有人在妳大理石棺蓋上擺放東西，字語、花朵、石子，一些吃的，一瓶剩下四分之一的酒。

一年過去，兒子要求去探望妳，他從不說去墓園，提及墓園並不哀傷，只是妳確實不在那個地方。妳不在其他任何地方而在我們的談話裡，在某段成為畫面、虛幻的回憶，成為雲的文字裡。

我們搭地鐵前往墓園，乘的這條線直達，對我們而言是件好事，多麼幸運，與拉雪茲神父公墓[8]相距五站，不需轉車。現在我們知道了，往後或許我們會更常前往。

我打給我父親，他曉得墓的位置，他每個禮拜都會前去，打掃墓塚，他會帶著一大塊海綿、抹布、水桶，他從來不說這件事，他通常不談死亡，他只會這麼說：

「孩子們都好嗎？……最近天氣比較涼……要好好包緊脖子。」

接著他搭上地鐵前往打掃前媳婦的墓地。

「爸爸，我們在墓園，但我不記得墓在哪裡？」

「二十四排，四十五區。」

「噢，可是那是在哪？」

「你往上走，走主通道，然後你會到圓環，有座雕像，那邊你就轉入右邊第二排，繼續走大概二十個墳墓，然後往右上方走，沿著那條路，墓就在左側五百公尺。」

「好。」

「小子還好嗎？」

「嗯。」

「天氣不暖和。」

「真的。」

「圍好你們的脖子。」

我們抵達圓環，兒子問我那尊男子雕像是誰。

8 拉雪茲神父公墓（le Cimetière du Père-Lachaise），位於巴黎第二十區，許多藝文界、政界、科學界名人都安葬此地，是座聞名世界的墓園，也是熱門觀光景點。

「阿道夫・蒂埃[9]。」

「他是誰？」

「一個毀了巴黎公社[10]的混蛋。」

「為什麼他是混蛋還會有雕像？」

「一堆混蛋都有雕像和四處用他們命名的街道。」

「就算他們殺了人？」

「對……但他們是在戰爭中殺人，是為了國家。」

「所以如果是為了國家我們就可以殺人？」

「顯然是這樣。」

我們在妳面前停了一會兒，我在心中思索我兒子會覺得他母親的墓如何，他是否會覺得它比其他墓塚來得更美？一如我們認為母親的手藝是最美味的料理。

我往稍遠處的走道邊坐著，點燃一根菸，兒子還站在墓前，他為了完全正對著墓塚往旁邊挪了一步，他轉身看向我。

「爸爸我要做什麼？」

「我不知道……你沒有一定要做什麼。」

他看著墓，再次轉過身來。

「我想跟媽媽說話。」

「說吧。」

「可是大聲說很奇怪。」

「你可以悄悄說，或在心裡說。」

「她會聽不到。」

我理解，他想像著他的聲音要傳遞出去，才能讓地面下幾公尺的妳聽見。我起身，向他走近。

9 阿道夫・蒂埃（Adolphe Thiers，一七九七—一八七七），法國政治家、歷史學家。

10 巴黎公社（la Commune de Paris），激進派社會主義政府，一八七一年三月十八日至五月二十八日間，曾短暫統治過巴黎兩個月，之後被臨時政府元首蒂埃下令血腥鎮壓。

「你想和她說什麼？」

「我不知道……說我想她。」

凝視著墓碑，我試著計算地面與妳之間的距離，以及墓塚和墓棺相隔之遠。我深吸一口氣：

「嘿！我帶著孩子來了……我們想看看妳……其實，想和妳打聲招呼……想和妳說……嗨……」

我們的兒子笑了，環視著周圍是否有人看我們。我回到走道邊坐著，兒子停在墓前，我知道，他會害羞，不敢大聲說話。但他還是說了：

「嗨媽媽……妳好嗎？我想妳……」

他轉身對著我。

「我不知道要跟媽媽說什麼。」

「問她把你的健康手冊扔哪去了？」

「什麼？」

「你的健康手冊，她死掉後我就一直找不到。」

「爸爸好笨。」

一行約十二人的團體抵達，由導覽員帶領，在一座墓前停下，我們的墓前。我們的兒子一動也不動，看著他們。

導覽員大聲地說話，以一種歷史學教授的語調，站在我們孩子面前，開始高談妳的一生與妳的死亡。所幸是用英文。那是她的工作，帶領觀光客到著名墓園參觀名人墓塚。

「法國怎麼樣呀？」

「很漂亮啊。」

「你看到哪些墓？」

「就……蕭邦……琵雅芙和莫里森的墓[11]。」

---

11 琵雅芙（Édith Piaf，一九一五—一九六三），法國著名歌手；莫里森（Jim Morrison，一九四三—一九七一），美國創作歌手、詩人。兩人與蕭邦也都安葬於拉雪茲神父公墓。

「哇！」

即使兒子聽不懂英文（我也不懂），我仍驅身走向那位導覽員。

「可以麻煩您別說了嗎？」

「什麼？」

「您可以去別處介紹其他死人的八卦……我看貝考[12]就葬在那邊。」

「您在開玩笑嗎？」

我們的兒子靠過來，導覽員注意到他，接著腦海中串起某種連結。她明白了我不是妨礙導遊介紹墓園景點的瘋子，眼前的小男孩喚起常人該有的惻隱之心。那位導覽員的臉色轉趨柔和，問我：

「這位是他的母親嗎？」

「In English!」

「His mother?」

「Yes!」

「Sorry...」

她轉身朝向那團遊客。

「We will go to Musset.」

我們從不去墓園，那裡沒有死亡。死亡存在於人身上，每個人或多或少都沾染著它。

就我而言，百分之八十的我活著，百分之二十已死去。

一窪死水。

來看看墓塚的反面。

12貝考（Gilbert Bécaud，一九二七—二〇〇一），法國歌手、作曲家、鋼琴家及演員。

以前是不是比較好？以前的我是否美好一些？在我認識的人比較少的時候，在我回過頭以前，那些男人與女孩，在妳之前，那些學生與老師。人們喜歡評斷，人們喜歡對與他們無關的事發表意見，人們除了談論他人的人生不會有別的話題，人們喜歡在盛夏製造寒意，去暑解悶，夏日讓他們厭煩。人們總覺得自己做得比別人好。人們不喜歡名人，名人不喜歡名人。人們喜歡罪人洗刷冤屈，更喜歡原來無辜的成為罪人。人們喜歡狗。人們喜歡八卦週刊《Voici》，人們喜歡電視新聞的最後一段娛樂消遣，人們喜歡電視新聞最後的八卦消息變成頭條因為非常重要。人們不喜歡長久，人們不具記憶。人們愛吃，喜歡瘦，不喜歡胖子，胖子幽默有趣時人們就喜歡。人們覺得有名的侏儒很勇敢。窮人與有錢人喜歡錢，有錢人與窮人討厭窮人。人們喜歡旅遊，他們不喜歡外國人，外國人也不喜歡外國人。人們喜歡貓。人們問候他人「最近好嗎？」時，並不在乎答案。人們覺得一個女人被毆打是自找的。人們覺得因強姦誕生的小孩就是妓女的兒子。人們喜歡斗大的 Hugo Boss 寫在他們的T恤上。人們不喜歡讀書。人們除了 Hugo Boss 過去專製納粹制服不會知道別的。人們一向深思熟慮。人們不喜歡在事情水到渠成前高興過早。人們不喜歡被事先知會。人們喜歡《每日電視》[13]。人們不喜歡同性戀者。人們會看星座運勢。人們不喜歡年輕人。人們喜歡他們的手機。人們不喜歡我。人們總是疲倦。人們不喜歡死人，人們不喜歡死亡。人們會死。

13《每日電視》（*Télé 7 Jours*）為法國電視週刊。電視週刊上一般會列出各電視頻道當週節目表、節目介紹，也會有電影時刻表、藝文活動訊息、評論等內容。

我想讓妳看看黑色地磚，在不遠處，路上我們可以牽著彼此的手，妳希望我吻妳嗎？放入舌頭？我不曉得當我們是公眾人物時該怎麼做愛。我無法摟著眾多女孩，我的臂膀如此瘦削。我知道妳今晚並非毫無目的地前來，發生了一些事，人不會無故十二年來如此消失蹤影。告訴我，向我敘說，妳要我吻妳嗎？或者與妳道聲晚安？妳是否真的離這世界而去？或者，妳藏在哪？和誰？我能想見妳遊蕩的那些畫面，而那使我難受，我沒有勇氣去想。妳想喝一杯嗎？妳想我背著妳嗎？看看大樓裡那些還亮著燈的窗，有其他訪客。為何我們拋下人生的一部分，拋下人生中喚作黑夜的那一塊？夢見妳之後我再也無法睡去，我仍舊循著妳的蹤影，淡紫色的煙在房間中飄蕩。

並非人的死亡讓我們如此痛苦，而是我們的某部分隨同他們死去，那才痛苦。

有時，我會流淚，以前。後來，我感謝妳為我帶來死亡，愛之後還有什麼是比這更美的禮物？夜裡我會想著那些我愛的人，我為他們憂慮，我想到我們的兒子、我的女兒、A、D、M、R、L、E，想到他們。我想這世上沒有什麼事是不痛不癢，妳的消逝重要，所有人都泯滅人性也重要。而一分鐘後，我想像銀行戶頭透支而我毫無辦法即刻付款而陷入恐慌，或因心裡想起某個混帳對我多年前的電影提出的糟糕評論而感到生氣。然後我想到我自己的消逝，我想像我們的兒子在灰色的道路上流浪漂泊。我應該照顧好自己。我起來做伏地挺身，但明日我痛苦便又飲酒。是妳讓我如此矛盾妳懂嗎？而這就是你們所做的事。

看，人們遠離我們的路徑，他們打量著我卻又相信妳的存在。

我的友人R住在稍微高一點的地方。我在妳死後幾年與他認識，他與妳之間毫無關聯。抹去妳我的關係需要時間，結識新的人需要時間，我重獲友誼需要時間。R曉得妳曾是誰，曉得妳在我生命中的位置，曉得妳在我們兒子的眼底。然而他從未開口談論，有時我會提及妳的名字，他全神專注但止步於邊緣，鏽蝕的鐵欄後方。他不拘泥於過往，我和他今時今日的情誼也是如此，往後亦然。我不願他見到妳，我想保留他。

我們重新走上這條街坡，吉他店關著門，櫥窗裡的樂器看起來神情哀傷，宛如待人領養的動物。

妳看見這棟樓的門嗎？以前，門前有個女人，她會在這裡待上一整天，自一早開始，大約八點，直到晚上十點。我認識她時，她應該已有五十歲，而我十七歲，和她睡過之後我知道她的名字，寶麗娜，但這裡的人喚她小麗。我第一天並沒和她上樓，在那多日之後，我偶然注意到她，好吧，不完全是如此，在皮加勒區與其他地方，像是聖德尼郊區街[14]，有很多女孩，我在這兩區的每一條人行道上蹓躂消磨，直至遇見小麗。當時我剛上完學徒課，在附近逗留，假裝看著櫥窗裡我沒能力買給自己的吉他。有時候，我會刻意在小麗面前流連徘徊，四或五次。我或許該主動一些，因為她從不將男人看進眼裡。她站著，倚著門抽菸，高䠷，金髮，纖細，身穿黑衣，一雙長靴緊貼著腳直到大腿際。我重複過千次要對她說的話，我害怕她拒絕，噢我的老天我害怕。幸運地，郊區老家的朋友提點過我：

「如果你在十八歲之前沒睡過女人，你會有一半的機率變成殘障……那些你看到坐在輪椅裡彎縮著手、腿跟頭的，就是這樣，因為沒做過。」

14 皮加勒區（Pigalle）位於蒙馬特山腳下，巴黎的第九區與第十八區，亦是過往巴黎著名紅燈區，自十九世紀末因「黑貓俱樂部」（Le Chat Noir）而廣為人知，聚集過許多特種行業、藝術與犯罪的地區。聖德尼郊區街（Rue du Faubourg-Saint-Denis）位於第十區，此帶也有不少煙花戶。

於是一九九一年的初夏，在我生日的前幾天，為了避免成為殘障人士，我開口問了小麗。

我忘了當時如何結巴含糊不清，但我記得她溫柔的眼神與回應：

「來吧。」

我們步行爬上六樓，一間傭人房瀰漫著香料氣味刺薰著眼。

我不時回來看她，花費的代價足以讓我買下一把吉他、課程以及租一支真力時名錶，然而我寧願與小麗睡，而且，我也很想與她聊點天。

我後來知道她與年邁的母親一同生活。

知道她想賺夠了錢搬去南法。

知道她喜歡狗也有一隻，但工作時候不會帶著牠，因為狗狗會嫉妒。

知道她覺得我很迷人而且我是她喜歡的男人類型。

認識妳之後，我還是會為了自小麗面前經過繞路，有的時候她不在，我會希望是她跟某個男人在樓上，我害怕她消失。

在妳之前我不曉得愛。

只有小麗。

有時，我會想起。

妳死後一段日子，我做了一個重大決定，送自己一把吉他。我去了認識的地方——小麗對門的那間店，我帶著兒子一起去。小麗在那，完美地站在她的位子，菸、長靴與遙遠的凝視，在她身上看不見歲月的流逝。我被哄著買了一把價格不菲的精緻款式，是店員對著我極力推銷的樣式，高齡初學者想抓住青春的尾巴，總會遇上這種事。我望著櫥窗外的小麗。

走出店門，我過去打開後車廂，我的車子並排停在店前，而小麗在對街。

我正將吉他放進去，我們的兒子，不曉得為何，也許是先前被關在家裡需要宣泄，開始拔腿在路中央奔馳。

一輛車子在同一刻朝他開來，即將撞上。

小麗大叫一聲，我抬頭望見這幅驚恐畫面，她率先挺身一步，抓住我們的兒子，以幾公分之差閃過保險桿與意外。

她幾乎像是用飛的，抱著我們的兒子在懷中。

吊著隱形的絲線，並緩緩地朝我降落。

她為此責唸了我一頓。

我向她提議喝杯咖啡。

我們在芳丹街與皮加勒街轉角處的無憂小館一起待了二十分鐘。

她跟我聊那些我已曉得的事：她和母親同住，她喜歡狗。

她對著我們兒子說話，她救了他。

她從來不曉得她曾經之於我的意義。

離去時，我們的兒子在她臉上印上一吻，而出於本能地，我也同樣這麼做，那一瞬間我又回到那薰人的香料味中。

我再也沒見到她。

妳認識她嗎？

這裡是A的家。她不會因為我吵醒她而氣惱，她會因認識妳而開心。她也許看不見妳，但卻會相信妳存在。讓我替妳整理一下洋裝，我們要展現體面的樣子。就是這裡，一樓，那些落地玻璃後方，夜裡我曾在此處來回晃蕩，黑色的地磚，與我暗色的倒影，我照看著熟睡的女兒。A將她帶了給我，宛如將溺水者救活，恢復生機。

生命是多麼美麗，當我們能擁有好幾個生命。

我請妳進來，但妳得擦淨雙腳。

我輕輕地敲門，我曉得門後有兩個安睡的人，我能控制聲響，讓其中一位醒來而另一位繼續在夢鄉。

「是誰？」

「塞繆。」

「等等，我開門……」

心強烈地跳著，當生命彼此交會相逢。

「晚安塞繆。」

「晚安……我把妳吵醒了吧，不過是重要的事。瑪麗在我身旁……她今夜來到我房裡……坐在我的床尾……我們出來散步走走，我想讓她認識妳……妳願意嗎？」

「願意。」

「妳見得到她嗎？」

「可以……她很美。」

「我沒有其他的花可以送妳，只有她頭戴的那頂花冠。」

「進來吧……我很高興。」

來吧跟著我，這不是我家，但我也把這裡當家，這間屋子的氣息、我女兒與她母親的氣息，宛如深海般純淨。這裡是純潔的國度，不識戰爭，亦無謊言。

「你們想喝點什麼嗎？」

「我們帶了這瓶酒。」

「我來開瓶。」

我感到孤單，此處，在妳們之間，我不曉得誰活著。妳的雙眼是淡紫色，那是否是真的？那是妳抑或是我？顏色在哪？通常在這裡我的話不多，我聽著A說話，那讓我快樂，我們保有那份靦腆，或者說我們是為了恢復這份特質而分開。她懂我，她懂我們的兒子，比妳更懂。她長久以來照顧他，給予他全部而無所求，她替他梳洗，餵養他，寵溺他，斥責他，擁抱他，哄他入睡，喚他起床，為他加油打氣，她跟他談妳，懸掛妳的相片於他床頭。她尋覓妳，容納妳，平息我的慍怒。她接納我們的生與死，她重新給予我勇氣、自尊、重量，以及那些無妳的夢。

「喝吧！」

「A，我想死人不會真的喝酒。」

「我們說不定早都醉了。」

「我們女兒睡了嗎？」

「嗯，睡很久了。」

「我好想秤秤她夢的重量。」

「為什麼瑪麗今天來看你？」

「我也不是很清楚……一定是她的最後一夜吧。」

「她要去哪？」

「也許天空的彼端……」

「夢境裡。」

「以前不知道地球是圓的多好。」

「我去放音樂。」

當我將妳在夢境中混淆，我會好受一些。A的聲音與妳的重疊，妳的容貌有她的神情。我創造生者，後來妳再也沒出現。那又是別的故事了。有一日，A和我說我在夜裡喊著妳的名，幾乎每一夜。

人是否會成為自己所承受的痛？

在最初的幾年，我女兒以為她的母親與我們兒子的是同一個。雖然他不喊她媽媽，但女兒想不到會有別種可能。有一兩次她試著以名字喊母親，人家告訴她不要那麼做，她於是明白我們兒子有自己的母親，與她的不同。她得知我先前深愛過另一個女人，人家告訴她那人已死去。她當時五歲，與我們兒子聽聞妳死訊時是同樣的年齡。以同樣的方式，我們隱瞞她妳死亡的原因。有些醜事無法被抹去。我女兒好長一段時間什麼也沒說，每個孩子都知道這麼做；後來她也要求在床頭掛一張妳的相片，她經常翻看放妳照片的相簿，她開始感到難受，開始提問，為什麼？怎麼發生？我們兒子當時在哪？他曾經多麼痛苦？她可不可以去妳的墓？能不能告訴別人？我的小女兒第一次在這塊大地感到煎熬，為一名死去的陌生人，為那些她還未出生便已存在的毆打重擊。我曉得。即便妳在夢境消逝片刻，妳始終在，在房內的某個地方沉睡，藏於床底，隱身於架間。人所承受的毆打不僅止於重擊的那一瞬間，不，它們會持續流動，成為思緒、呼吸、未來。記憶現身，妳於二〇〇三年七月二十三日深夜在一處遙遠的房間所遭受的毆打，流轉入我五歲女兒的房間，在十年之後。

就像這顆地球上的事。

石牆上淌著看不見的血，風中失落的叫喊，被坦克壓扁成旗幟的人體。愛帶給我們哀傷，那些幼小的心靈爭相分擔痛楚。這些幻象是否會蒸散，還是昔日夢魘將入侵靈魂？我是否與妳說過在妳之後世界仍舊接續崩塌？我們是否希望消失，為了好好重新開始？我想忘卻，有時我想忘記關於妳的一切。我是否會用我們的愛與愛所帶來的事物來交換一份原始的記憶？純粹空白？不，當然不，因為我是這分崩離析世界中的一塊布局，我不過是一枚螺絲釘，卻相當賣力，未曾停止地自轉，彷彿這社會，永無間斷地帶給我們疼痛與毀滅，為那些背叛我們而去的愛旋轉，為我們在恐懼中學會的勇敢的愛。長久以來地旋轉使我不再嘔吐。而為妳的不幸，我更加快速地旋轉。離心機裡散開旋飛的彈珠，這就是我們的模樣。

「我們跳舞吧……三個人一起……我喜歡這音樂……」

妳錯過了什麼？海嘯，核災，戰爭，四處引爆的炸彈，其他死去的女人，我甚至沒給過妳一擊。我們最後什麼也沒學會，只有持續高速地旋轉。

「我感覺到妳們倆都在懷裡……這是什麼音樂？」

「是廣播電台……巴哈，我想。」

「我們要離開了，這個夜晚剩沒幾小時。」

「等等，我送你們。」

「女兒醒來時替我親親她。」

「直到明天你都會一切小心吧？」

「嗯。」

「來和我們一起吃午餐。」

「好。」

「我們可以去幫她買件新的冬天大衣，她那件太小了。」

「好，我想去。」

「再見，瑪麗。」
「她在妳唇上印上一吻，妳感覺到了嗎？」
「嗯……不過這不是第一次了。」

重新走在這些路上，有一夜，我彷彿能在這裡感覺到妳。

此刻我感到歡愉。

行走一如祈禱。

這是我唯一曉得做的事情。我的每段年歲步伐一致，行走之中快樂著，我無意漫步，我無意前往何方。

我只想迷失。

我無法繼續待在這裡，除非是接通與救贖間的電路。我迷失在我的街口。

我迷失在妳冰冷國度中的凝滯的城，人們在那裡審理妳的死亡事件，我聽著那些虛偽的話語，虛偽的淚水，虛偽的反抗。翻譯員被收買在翻出每一句浸滿涕淚的話語之後啜泣。律師們悲痛的神情，我方，對方。多年過後，偶然間，在某條街，我與對方律師擦身交錯，他對我微笑，我對他說去死，幾個月後他自殺了。在這張長椅上我坐立難安，感到窒息，那陣噁心始終不曾褪去。我無法離開，我需要說話，我也是我該把自己置身那片鐵欄後，我是目擊者，因為殺了妳的那個人在夜裡打過電話給我，便不只讓我失去妳，還讓我擁有一份特權能把妳丟失。我沒有和他人相同的憤怒，我的怒氣與之不同，並無更強烈，並無更卑微。我隱約感到他們將自己的憤怒轉嫁於司法正義，宛如兩種樂器彼此相依，只為了奏出哀傷的旋律。對於我們在此處所談的女人我感到陌生。我看著玻璃包廂內的男人，我想要他也看著我，但他永遠都不會這麼做。K，他的前妻，會開口，維護他，說出與今早她在電話中跟我說的相反的話。我能理解，而且我喜歡她，就是這樣，她的眼底深處很善良。刑期是他們爭論的懲處，一方人要盡可能地短，另一方人要盡可能地長。我沒有想法，如果此刻我說出口，其他人會責怪我。

夜晚，我回到飯店房間，夢只做了開頭，重回我們的兒子身邊。我只想著他，我看著時間為了貼近他的作息，睡醒，上學，午餐，我希望他吃得好，希望學校餐廳裡的餐點他會喜歡，但願不是他厭惡的噁心的魚。

我出門走走，去了流動遊樂園，我用短槍射擊，贏了一支具電視遙控功能的電子計算機錶，當夜我花了一些時間弄懂使用說明，練習操控房間裡的電視，我可以調高與調低音量，切換頻道或關閉與開啟，只需依電視品牌輸入代碼即可，我喜歡這支錶。稍晚我在一間酒館喝酒，到處聚滿著年輕人，在吧台邊，圍湊在桌子周邊，大部分的人喝下好幾杯啤酒。那些男孩看起來都像休假中的軍人。好幾台電視掛在牆上，轉播著籃球賽事與MV。我選了面前一台擺在吧台上方的飛利浦電視，在手錶上輸入代碼。在球員投籃入網的那一刻我關掉電視，幾位年輕人錯愕大罵並叫來服務生，他踩著椅子重新開啟電源，比賽繼續，我等他從椅子上下來，再次關掉電視，引起更多不爽的怒吼，他重開，我關閉，再次重開，我調高音量，比一般的喧鬧聲更強。這是鬼魅所為，一如妳。

翌日，於法庭，談及動手毆打的事，何種毆打？何種力道？幾下？玻璃板後方的男人必須回答，他以手示範，對著空中揮出軟弱無力的巴掌，我們談及那些他幾乎不再戴的戒指，兩下巴掌？四下？兩次，而左右一來一往，一共四下。螢幕上播放妳的照片，妳毀損的臉，我多想用我的錶讓妳消失隱藏，但在這裡，妳不僅僅只屬於我一人，而這是最讓人難以承受的部分。妳以種種形式屬於眾人，我是其中與妳共同生活最久的，我能虛構妳的味道，我能在我們兒子皮膚身上辨識妳，然而我卻得與他人共享妳，甚至與那位我完全不認識但卻懷帶輕蔑盯著我的女人，她目不轉睛地瞪著，搖著頭，而當我視線與之相交她便嘆氣，那是某人的朋友。幾個月後，我會去巴士底附近的廣播電台錄製節目，和我們的兒子前往，我喜歡與他一直相依相伴。我會再次碰見這個女人，她陪同一位藝術家出席。我們面對面坐在沙發上等待錄製廣播，她不敢抬頭看向我們，我的小盾牌坐在我身側讓她喪失一切念想，我們變得值得寬容同情，她朋友中有幾位帶著柔和的眼神，我們靜默並共享這片混亂。其他人則異常興奮，那個殺了妳的人的哥哥不斷到處走動，記錄，拍照，為一本他已在籌劃的書，為了電視節目，他的興奮顯得不正常，我注視著他而詭異的字眼穿透著我：熱忱、專業、復仇。我不太記得了。此處是痛苦、憤怒與怪物的廳堂，這個國家的法官想展現他們能維護正義與公道，新聞媒體持續不懈地提出相同的問題，他們伺機等待著一絲絲缺口，等待我們之中任何一人爆發恨意，敲撞法庭包廂上的強化玻璃，朝著證人的臉面吐痰。我凝滯不動，專注於光影，專注於光影中的懸浮微粒，高溫令我窒息但我卻不能褪去衣物，我穿著一層層厚厚的內衫、毛衣與夾克。死去的或許是我們，無止境的哀愁。人們彼此相同，聲音，話語亦然。無論是我們這方抑或他們那端的苦痛記憶，均被司法正義拋棄遺忘；無論人們指責妳抑或捍衛妳，所談的都已不再是妳。妳是否酗酒？吸毒？挑釁？暴力？嫉妒？人們回答是，經常，是她先開始；又或者，不，從未，不可能。但我曉得，是的我曉得，妳愛著，而倘若我們殺了那些與妳相同的人，這個世界將充滿微渺卑灰的心靈，顫抖的身軀，為維護自身完好而怯懦前行，在妳面前無法辨識自己的虛弱。人們訴說妳的罪行：多情。有預謀，無意。然而這正是妳的自由，而我曉得男人對自由恐懼，即使他們為此書寫、謳歌、幻夢，一旦面對妳的自由便又推翻這一切。自由的另一面並非封閉，而是暴力，永遠以肢體暴力終止。我愛一如妳那樣愛著，而如果妳不再存在，這片土地將會少去一些愛，多麼可惜。

但妳並未完全離去，對吧？我仍舊感覺得到妳。

在一片污泥混亂之中，奇蹟產生：我渴望做愛。那感覺來自土地，源自腳底，源於長椅下堅硬而冰冷的底部，在凍止的時間與迷離的光線裡。我想遇見一位這個國度的女孩，發覺她十分美好，而她也覺得我迷人，我們為彼此的眼神而驚嘆，而我們的肌膚似乎已飄離。若不能如此，我無法置身這裡。也許不盡然。不，我無法。而且，做愛，僅限於我們，我想要妳隨我走在泥土大路，在我的欲望之上盤旋。因為妳我才能快樂。來吧，我起身，我無需再感到憤怒，自始至終已足夠了，而靦腆害羞就將它留於夢境。來吧，石牆會記住我們的勇氣。我希望我們兒子明白我經歷的事，我會告訴他。愛的概念與脆弱的目光，拯救了我們也摧毀了我們，我們所擔負的，亦是他人給予我們的，然而我們始終仍有垂下眼簾逃逸的權利。來吧。

搭著計程車，我穿過城市。郊區令我安心，這裡並非比較美麗，但或許相較於我們的美麗城市，此處較少不公不義。咖啡館、公園、大學、冷清的運動場，台階與長椅上坐著漠不交談的男人，女人行色匆匆，提著購物袋或牽著膽小怕生的孩子。一位女子孤身走入麵包店，我也走進去。她和店員說著我聽不懂的語言。店員很年輕，我看出她長得漂亮，她應該要找幾個夜晚好好打扮自己，放下頭髮、搽上口紅。這兩名女子彼此認識，她們交談著，微笑著，我希望能在她們的愉悅中求得自己的愉快。那位女顧客要走了，輪到我，心緒騷動。我用手指著一種小麵包，填餡是某種黑色果醬，上頭撒著冰糖粉霜；我說出一個古怪的詞代指它，一個不存在法語裡的字，亦不在英語或任何語言之中。這或許是我和女店員間專屬字彙的開端，我們要藉著各種怪異的詞語愛上彼此，說著這滋瓦瑚、絲塔芙、芭希茘亞滋。我身上的錢不夠付帳，搭計程車時花掉了大部分。我拿出金融卡。店員做著手勢，用我們的語言說了幾個我能理解的字。附近有提款機，不遠，但需要熟悉路才能找到，她要帶我去。我看著她穿過冷藏櫃後方的小店，在走道上穿起大衣，我們走出麵包店，她傾身鎖上玻璃店門。往那邊走，她對我說。我們並肩走在泥土大路旁的人行道，大樓台階上的男人看著我們走過，他們認識她，肯定認識。但他呢，這人是誰？而一如所有外國人，我大概無法回答他們。謊言如此誘人。我完全不是那個我。我在為一部間諜片勘景。我在尋覓一位將拯救我們的精神領袖，他在此處，在這區，無庸置疑。我們穿越一座廣場，寬闊、空曠、平坦，宛如一座湖，廢棄車輛上的鐵鏽是色彩留下的紀念品。我遺忘我們要前往何方，遺忘城市與軀體，女子不時做出手勢，加上我們語言裡的字。我對她微笑，我們會一直如此，因遺忘而受到保護。這段故事的開頭已足夠，我能獨自收尾。我回去後會訴說這段故事。幾乎是愛情。註定無果的愛情，對，然而它的確很美。我領了錢，而後我們離開，她問我來自何處，做些什麼工作。來自他方，旅者，沒有束縛，亦無過往，而明日我會再往無邊無際前進一些，直至肉眼不可見，直到某顆心讓我停步，也許在這裡。我有我的人生要繼續。我並不覺得自己說謊。

我走了許久，我把糖霜小麵包放進夾克的口袋裡，晚點我會吃掉。

夜色降臨，我問了回往城市的路。距離不近，對方手臂揮舞著，話語聲激動，你還沒到……很遠的……要往這邊……我不在乎要花多少時間，我想繼續，無論路有多遠。

為了尋覓那不可見的。

需要一生去找尋。需要夜晚，陌生的語言，其他人群；需要坐在某間平凡屋舍的花園，在奔馳中祈禱，遼闊的田園，在奔馳中仰望天際；要脫離父親的信仰，吞下荊棘，保留根部；不再恐懼，不再害怕痛楚，成為苦痛；收藏自然，跟隨香氣。白日讓人多麼想念，多過於妳。只需轉醒，要愛所愛的人，給予，視一切為未竟；要棲身與修剪過的草同高，然後不斷地萌長，萌長，萌長；虛構妳的步伐，讓自己與之一致；避開隧道，選走橋梁；憤怒還以憤怒，租借居所，拋釋權利，癒療自己；切斷繩索，接著飄飛，飄飛，飄飛，給糖霜麵包撒糖粉。

就是這裡，也是在這裡，我們曾與兒子共同生活，鄰近一座大公園。認識A以前，我喜歡我們的公寓，我們面對面的兩間房，小小的浴室在中央，小小的廚房在玄關。每個早晨我帶著他去學校，而每日，下午四點二十分，我去接他，我們會去公園，要是天氣太冷或者下雨，我們就在咖啡館吃點心。大部分的人、街道、店家，幾乎都讓我們起過新名字。兒子的夢想就是獨自一人去上學，我答應他有一天會實現，也許是在他滿十歲的時候。在等待的同時，我們不斷預習將到來的那日。離開公寓時，我會讓他走在前面，先下一層樓，再輪到我下樓；在街上，我離著二十公尺跟隨他；前往學校的路上只需要過一條大道，我仔細教過他在穿越馬路之前先看左右側來車，而他深知我在他身後，誇張地謹慎，將脊椎挺到最直，腦袋於左右兩側來回探看十次，宛若一個著了魔的小子。

在他的書包裡，我曾發現他班上其他男孩留下的字條，他們嘲笑妳的死去，說這一切發生得好，說他們在電影中看過妳一絲不掛，說妳是婊子。我和兒子談過，他說不要緊，他無所謂，他說他喜歡一個女孩。我和老師們談，在彼此理解之下，她們極力請我與學生的家長談談。我邀請全班為兒子過生日，像個小丑。那一年，發生寄生蟲感染，聯絡簿上有這則通知說明。不久後，我發現一個字條，寫著如果我們兒子有寄生蟲就是因為妳已經死了。我和他談。那是他第一次告訴我班上有個男生會欺負他，天天嘲笑他。這件事將我擊潰。隔日，我要求見家長。對方邀請我到他們家裡，離我們家幾條街遠的一座公寓。吃了類似開胃菜的簡單食物，我便和他們談起這個問題。他們不認為有那麼嚴重，尤其那位父親。對他而言，孩子就是這樣，就該讓他們自行解決他們之間的事。對我而言，孩子反映出他們父母的思維，他們行為舉止足以顯現他們生活的樣子。孩子無法自己得知妳是誰，妳的職業，妳如何死去。我請他們安撫他們兒子的同時，也維護我們兒子的安寧。那位父親因此惱怒，他起身對我說，他根本不用聽我們這樣的人教訓，說我不如多為兒子日後著想準備，因為他所經歷的事，讓他躲不了侮辱和恥笑。我想那個男人喝醉了，我也有點醉，我站起身朝他臉部揮出一拳，那男人像電影演的那樣倒落撞到矮桌，而我轉身離去。

我被提出告訴，我得去警局，向兩位警察解釋狀況，警察相當和善，對我較為同情。最終，對方願意撤銷告訴，條件是我要賠償鼻梁骨折手術費用，就此和解。暴力之下的暴力，置身社會中的社會，逢場作戲，必要時動粗例如我們出手揍人。我們的兒子不再被騷擾（我發現從沒有哪個女孩嘲笑過他或妳）。在教室門口，我遠遠看見那男人與他臉上的石膏，我對著他微笑。不過他是對的，我永遠不可能完全地保護我兒子，而為了讓他即使沒有我也能夠捍衛自己，他應該知情。時機到了。

我應該告訴他妳是如何死去。

我不願再毀去另一座園地，我們在這裡很好。某個星期六，我決定帶他去走走。我們走了許久，直到我們以前的家，靠近那棟大樓以及那座花園，我就是在那裡告訴他妳的死訊。那塊土地一片荒敗，絕望，貧瘠，我們可以將它毀損得更加殆盡，我們自己就在那裡留下最大一坨穢物，瀰漫著灰燼與相同的夏日黏稠之氣。

然而生命已復甦，忘卻我們的不幸。其他孩子在我們那片灰哀的草地之上滑著腳踏車。天空換了顏色。手工小鋪變成時髦的餐廳，那些長椅被換掉了，木頭變為塑膠製品。

如果一方土地已永遠丟失，那麼我們就該收復其他領土。

我們出發去海邊，意外來到一片我們認不得的卵石沙灘。和妳來時，這裡還是細沙。我買的水桶與鏟子派不上用場，我們的城堡變成一座石頭城，我找到一塊大岩石，可以在上方搭建我們的城市，而後，我們下午花了一段時間挑選大堆小石子與卵石，將它們一層堆一層平衡疊起。掘土時我與他聊起，妳並非撞到床邊桌角，人不會因此而死，幾乎不會，妳還遭遇更多事情。我告訴他妳如何消失，還有妳是被妳愛的人毆打，而他自稱也愛著妳。兒子聽著我講，無懼，無慮，且不帶憤怒，他繼續搬移石頭。我有了寶貴發現，有些事物隱約在他的眼底一閃而逝。他問著一些簡單的問題，不真的是為了知道，而是出於禮貌。置身這場悲劇或者共享一點，這正是我們做的。失去妳之後的人生，我們共享苦楚，沒有規範也不需話語，如同兩人攀爬一道陡坡，輪流背負對方的重量。痛苦並未因此減弱，甚至更為猛烈，然而持續的時間會短一些。為承載所愛而痛，便已不那麼痛了。我們繼續堆疊我們面著海的作品，並且決定城裡的主要大道以妳命名，後來我們兒子決定用我的名字。

之後，他告訴我他知道妳是被那個男人殺死，有人在學校裡跟他說過，而甚至在那之前他就知道了。他始終知曉。

我們找了一間旅館投宿，找到一間餐廳吃晚飯。看來隔天白日的天氣會很好，我們想留下來。

他問我那個殺了妳的人後來怎麼了。

他在哪？

牢裡。

多久？

八年。

之後呢？

兒子擔心的是這件事。我們之後要如何生活？那，如果我們遇見他呢？如果某日他出現在兒子眼前呢？數千行句子自我腦海穿過，其中一句攫住我，是他當年上台領獎時說的話，他質疑著自己唱片公司的總監：「就算我們集體登上同一顆星球，也絕非身處同一個世界。」這位總監後來跟他請了同一位辯護律師，這間唱片公司給予他財務支持。我可以對我們的兒子複誦這句話。世界浩浩茫茫，我親愛的孩子，有一天，我再也無法阻擋你的心跳加速，但是我願你隨著心跳長得美好，長得強壯，保有真誠與無瑕純粹，能在呼息之間尋回你的寧靜，能在愛之中，在愛你之人的懷中驅逐心霾。

隔日，我們兒子在海灘上交了一個新朋友。那小女孩的父母在遠處一座遮陽傘下。我們帶的東西不夠齊全，他問我是否能去岩石上與女孩一起玩耍，女孩的父親會顧著他們，我答應。我在陽光下閉上雙眼，奇妙的幸福沐浴著我，人生不會永遠那麼悲慘，我猜想這些時刻是否由妳所賜，我不清楚死後世界如何運轉。我聽見尖叫聲。女孩與她父親陪我們兒子回來，他的臉和胸膛沾滿了血，他沒哭。他張著嘴摔在某塊岩石上。那位父親感到抱歉，小女孩顫抖著。我們找了一位願意在週日下午看診的醫生。必須縫合傷口，三處縫合點，在此之前要先打一針。醫生為我們兒子的堅強感到訝異，你真是個勇敢的男孩！他任憑醫生處理，我握著他的手，感到比他還痛。醫生開處方時，他照著鏡子看，我想他覺得這很有趣。

他問那是否會跟著他一輩子。

我得出門旅行一週。我們兒子六歲了。我不想留他獨自一人，我替他感到害怕，街道上四處充滿妳的影像，書報攤、海報、雜誌封面、書籍，配上宛如武器的文字，但我必須出發工作。

某晚我搭上飛機，坐在一位男士旁，他年紀稍長，從容優雅。我喝了很多，他因此注意到我。我對著他訴說我的生活，毫無保留，人們在這些時刻總是這麼做。他傾聽我說，始終帶著一抹微笑，笑裡帶著同感默契與專注凝神。

最終，他對我說：

「你兒子完全是個超級英雄！」

「什麼？」

「我發現，所有的超級英雄都是孤兒……蝙蝠俠、蜘蛛人、哈利波特……要養成能力，他們必須歷經兩次創傷……一次在童年，失去父母……而第二次，稍晚，在少年時期。」

抵達機場那刻，我迫不及待走進電話亭打給我們的兒子，告訴他關於超級英雄的說法，他非常喜歡。我想他帶著一份好心情出發去學校。

之後，某次家長會中，學校老師對我頗有微詞，有些學生因為這說法希望爸媽死去，這樣他們就能和我們兒子一樣當個超級英雄。

有時我會想到另一個創傷，那個會讓他能飛天或隱形的創傷。人面對第二次的試煉會更堅強嗎？或者不幸襲來的力道永遠如此強大，一樣清晰？

來吧瑪麗，再不到兩小時天就亮了。就進這間深夜酒吧，我有時會來這間酒館。我們再喝一杯，我請妳，反正我會喝下妳那杯。我們暫且緩下周遭風景，我累了，妳得向我解釋，為何妳出現在這，好嗎？妳告訴我要陪妳走到哪，是哪一道門？

「會的，我會告訴你，但你再跟我多說一些。」

「那麼妳在我唇上親一下！」

「等一會，我答應你，你再和我說一些。」

我開始收到K傳來的訊息。審判之後我就再沒見過她。我知道她支持著他。她問我近況，關於我，關於我們兒子，總是一些溫柔話語。我幾乎從未回覆，仍舊為那些蠢事與罪行所擾，但她就算沒收到我的任何回應，還是持續地傳。日子過去，我邀她若來到巴黎就一起喝一杯，我曉得她在西南部扶養孩子，距離關著她先生的監獄不遠。

某晚我與她碰面，在此處，這間酒吧。

印象中我們並未聊到你們。

只講孩子的事，她的，談了一些，我們的，聊了許多。她並未表示遺憾，或展露傷悲，沒有，我想她的某部分也已被摧毀，某些東西再也不復回。我不願告訴她我們經歷過最哀傷的事，於是與她說起籌備中的生日活動和即將到來的旅行。我描繪兒子的笑容，說到的每一抹都在她臉上綻出了笑。我沒有問問題，我甚至不打算想像她過的日子。

她陪我走回公寓，路上我注意到她的兩隻鞋子長得相仿又相異，宛如顛倒錯置。她畫了設計圖，一個朋友依照她畫的樣式製作。我覺得那雙鞋非常迷人，我記得我對她說了。

另一次，我們共進午餐。她只在巴黎待一日，我想她是來忙某個音樂節的事。那是在聖誕節前不久，她提著一個大大的塑膠袋抵達，裡頭裝著禮物，給我們兒子的。她交代我將它放在聖誕樹下，要把禮物加進聖誕老人的清單。兒子早已不相信聖誕老人，她說那就隨便編造某個人。我們聊得不多。我們在第一次或第二次純摯的碰面就信任彼此，我們的悲劇擁有共同的根源，然而我們的人生卻不盡相同。在心裡某處，我覺得自己已自由，準備好要重生。她則遭受欺瞞與背叛，懷孕，並從此必須拿出自尊扛起重擔，捍衛傷害自己的人，那個讓她成為受害者的人。在她面前我感到羞愧，是她讓我明白，我的人生並非那麼悲慘。談話間，她的手機聲響，必須接聽。她走出酒吧約二十分鐘，回來時，她表示抱歉，是他。我不曉得原來置身監牢可以撥打電話，其實，我什麼都不知道，也根本不在乎。她告訴我他過得不好，我問她是否幫他打起了精神，她回答沒有，而且，她出去那段時間並非一直講著電話，僅講了五分鐘，剩下時間她在走路。

我們持續碰面。

我喜歡A，我向K提起她。她是我頭幾個告知的人，我想，她應該很開心。她也同樣對我談起另一位男子，不過我記不清楚了，我不太想聽。是的，我維持我們之間的陌生，不過是兩個受傷飄蕩的迷惘之人在這世上柔軟的一處相會。我從未傳出字句，也未回覆每個問題，並決定何時我們該分開離去。

有一回，我跟她說到兒子擔心與那個男人碰到面的事，那個殺了他母親的人。我如此傾訴別有目的，我想得知他的計畫，想知道他是否打算讓人再談起自己，在街上引起注意，針對這件又那件事發表評論。

她一無所知。

我狠狠地對她說，他大有其他方法可行，到處都能演唱，在酒吧或在世界盡頭。

四年過後，他出獄，我難以對兒子啟齒，好了，我們同在一個世界了。我在郊區的某些朋友曾因轉售大麻服過更長的刑期。我收到幾封來自K的訊息，而我沒回覆，或者含糊應付。

她自殺了。

我們一起住在同間屋子，我們的兒子，我的女兒與A。我有間小書房。我聽著廣播，廣播報導了K的死訊，自縊，近乎與妳相同年華。我顫抖，哭泣。我下樓告訴A消息，她的面容如死灰。接著我告訴已長大的兒子，他擔憂她的孩子未來會如何。

他這年紀，房裡的玩具正值混亂交雜的時期，一些即將讓給妹妹的絨毛玩偶，一個個玩具公仔，一段玩具車軌道，一張海報上是他不再看的電影，以及正當寵的房間另一處，書桌上的電腦，聽音樂用的喇叭音響，一部超暴力電影的海報，他尚未看過卻已著迷。

房間的一角，殘存著幾塊零件，是半破損的塑膠車庫，K送給他的。

妳偶爾會見到她嗎？

更遙遠，更後來，在大西洋，與我的孩子們，在友人D的家。我在妳走後的一年認識他。他懂得不少事，理解得快。他為一位未曾相識的死者安慰我。他的一切所知都來自於我，但我仔細地介紹過妳，字句介乎愛與憤怒間，就在此處，在台座上，那處，於土地之中。

D和眼不可見之物緊緊相繫，他為之渴望暢飲，或者流淚，或者高歌。

我們的兒子已長大，他十五歲。我的女兒在我們之間穿梭，在我的肩頭，攀附著他的背，我們留給她所有的位子，她填滿了我們曾身處邊際的空缺，她喜歡不時讓我們兩個古怪的男孩高舉她。

那日四季模稜不清，在街上，我們遇見那個殺了妳的人。

他在某本雜誌封面上，一道黑影倚在漁家屋舍的蒼白石牆。一大張圖。

「他在說話。」

我們沒有停下，或許望了一眼，一聲失親的抽泣。

我們知道他要推出一張新專輯，即使我們不想知情，仍舊得知了一切，在報章雜誌紙頁眾多文字間訊息鮮明地跳出，眾生嘈雜之中一則廣播消息將耳朵扯得緊繃。遲早的事。幾首歌曲，一張專輯，先是說以他自己的名義推出，繼而置於某個團名之下，最後是組了個樂團，不過他的名字還是一起寫在封套上。我們從未見過這樣的事，我想他們也不太清楚專輯要如何推出，如何東山再起？如何重籌資金？我們知道消息但未置一詞，我們靜觀，他以什麼方式再次出現。

一如預期，一如既往。

相同的行銷，相同的巡演。

一切不言而喻。

人人各自發表意見，他是否還能歌唱？他是否有資格演唱？一位女作家成功上了電視台，慷慨激昂地發表演說，振振有詞，捍衛的話語，以自由之名，高談我們社會的榮譽，以及她即將面世的作品。

不需任何設限，我們有權高歌，跳舞，寫作，懷抱期望，重回我們原有的樣子，或許不以同樣方式。我們注視著，帶著優雅、謙卑、尊嚴與謹慎。

而我們的過往將饒富意義。

我們的過錯在眾人眼前將樣貌分明。

我們會決定我們藝術呈現的形式，帶著它行旅，以相同方式因某些人或整個世界大放異彩，自這座小屋至其他陸塊，我們只為自己打算。

而若是有任何一人因我們的出現而感到難受，我們將會守護他。

揮別痛徹心扉的校園母親節、與母親同遊日。我們順著小孩子的心思。大地是否即為一位母親？人群是嗎？男人是嗎？

只有在巴黎才有如此的玫瑰色天空。我在這塊大地上度過的時間已比妳更多；而我們的不同，就在於我，我失去了妳，因為我繼續活著所以我知道。我常常想獨自一人只為了能與妳共處。我們需要保留時間給看不見的愛，偶爾關心。直到此時我仍會問自己妳過得如何，妳在做些什麼。我尋覓妳的消息，我藉故生氣讓妳來為我撫平，在某幾聲笑裡與妳重逢，而在我聽過的每一首曲子裡我問自己妳是否會喜歡。陽光亦有變換，因為少去了妳一抹黑影。然而我是快樂的，這是在妳離開後我該明白的事。

我喝下敬妳的那些酒，然後我們重回大街。我們來細數腳下步伐？我渴望碰見一幫混混，讓他們給我們一拳重擊。疲憊的斯里蘭卡賣花人[15]，不抱幻夢的少女。

我們會遺忘，我們會遺忘自己是誰，遺忘夜色終盡，忘記聲音源自軀體，忘記軀體源於土地。我們會遺忘我們的倒影，櫥窗，與冬季。我們會遺忘那些不可原諒的事物，忘記我們的爭執，我們的憤怒。我們亦會遺忘情緒，因為即便天空也非始終是同一片光景。我們會遺忘我們的皮膚，遺忘妳凝視中的無邊無際，忘記地平線，早晨，最後的淚，我們交纏的指，喘息。我們會遺忘報復，我們會遺忘懊悔，傷痕，與戰爭，分娩之夜。我們會遺忘恐懼，嘲諷，羞辱，旅行，風景，南境，與東方。

15 巴黎觀光客較多的地區，晚間偶爾可見賣花人穿梭，向餐廳、咖啡館、酒吧的客人兜售玫瑰。這些賣花人大都來自斯里蘭卡、孟加拉、印度等地，離鄉背井討生活，等待法國政府核發身分證件。

我們會遺忘我們的氣味，自尊，最初的金黃色澤。我們會遺忘痛楚。
我們唯一留下的，或許僅會是一吻。

晨

我總是為嶄新的一日感到愉快，這是我所收穫，而為此我僅能致謝黑夜。

我們還未結束。

現在我要回去，有些事需要處理，妳懂的。我很開心見到妳，而且，我們那麼幸運，這夜是如此地美。妳想要我在哪裡將妳放下嗎？

「好。」

「那，哪裡？」

「你即將去的地方。」

人們看著我，妳看見了嗎？白日的他們正經嚴肅。他們看不見妳，我們違背常理。我真的好累，夢境在召喚我，我該去睡了。我們兒子應該早已出發去學校，我不再跟著他，妳知道的。我喜歡看著他跨出家門，他長得這麼高了，今晚我們要一起吃飯，然後我一定會跟R碰面。

我準備換上乾淨的衣物入睡，我躺著而妳貼坐在我身旁床沿，我們再抽最後一根菸吧？反正也只剩下兩根。我必須要閉上眼多久妳才會消失在那？

我再也撐不住了，請原諒我。

第一個夢境

一片空無

倘若高台並非有物

不值一提

等同無物
地平之線
亦近乎無景物，於一片
天際
於那些無法望見之人
自遙遠之處
第一個夢境
是白
白的色澤
始終挾帶紅
於白之中
第一個夢境
白色天際近乎無物

第二個夢境
帶著聲音
低沉
孤身女子們
話語
潔短
少女們
靜默
而神祕
尤其那些信仰
上帝之人。
第二個夢境
是字詞

幻化
為房間
床
窗
海
而那些文字
液態如水
滾燙
琉璃
第二個夢境
少女
靜謐地
安坐

於床緣
於
窗前
及海之前
第三個夢境
是季節
與降生
炎暑
於醒寤
所有的男子
皆是
孩童
等待著

他們的母親
尤其那些已不再擁有之人
第三個夢境
是光影
在微笑中
穿透
幸福的
齒貝
是世界
末日
濕透的
男子
尤其那些偕雨而來之人

第三個夢境
孩童醒在
一方
瓷器間
第四個夢境
是對白
一部電影
遇見
一名男子
總是
率先說話
他會說
「為何妳之前不曾來過？」

「你未有空閒。」
「然而我等著妳
我等妳
始終
我成為
信仰之人
於妳死去之際
瑪麗。」
她會說
「他們很美
他們很美，你的孩子們。」
第四個夢境
會帶著燕尾服

洋裝
印度風情
綠色天鵝絨
覆蓋
死亡
與孩童
在她的腹中
他會問
「妳是否懷孕？」
「我始終
懷帶身孕
生抑或死
女人

始終孕育。」

Cet ouvrage, publié dans le carde du Programme d'Aide à la Publication
« Hu Pinching » , bénéficie du soutien du Bureau Français de Taipei.
本書獲法國在台協會《胡品清出版補助計畫》支持出版。

國家圖書館出版品預行編目（CIP）資料

與亡妻共度的夜晚 / 塞繆.本榭特里特(Samuel Benchetrit)作 ; 陳
思潔譯. -- 初版. -- 臺北市 : 大塊文化, 2017.10
184 面 ; 14*20 公分. -- (to ; 98)
譯自 : La nuit avec ma femme
ISBN 978-986-213-821-2(平裝)

876.57　　　　　106013705

L O C U S

LOCUS

LOCUS

LOCUS